KB073378

나의 펜은 새의 날개

MY PEN IS THE WING OF A BIRD

아프가니스탄 여성 작가 15인 지음

이정은 옮김

나의 펜은 새의 날개

PA

일러두기

1. 주석은 모두 옮긴이 주이다.

2. 책명은 『』, 단편소설은 「」, 노래 제목은 ''로 구분 지어 표기하였다.

차례

서문

라이즈 두셋Lyse Doucet, BBC 수석 특파원

아프가니스탄 여성들은 무엇을 원하는가.

많은 이들이 이 질문을 던지고, 또 자신이 질문에 답할 수 있다고 생각한다.

하지만 도대체 누가 아프가니스탄 여성들을 대변하는가.

하루에도 몇 번씩 화상 회의와 미팅이 잡히고, 여기저기서 발표되는 성명서를 본다. 성명서는 대개 아프가니스탄 여성들과 소녀들의 권익 보호와 향상을 골자로 한다. 2021년 8월에 재집권한 탈레반이 새로운 법과 규칙을 여성들에게 강요한 이래 이런 성명서가 발표되는 횟수도 몇 배나 늘었다.

탈레반은 교육 받은 아프가니스탄 여성들을 서구화되고 대다수 여성의 삶과 유리된 엘리트라고 비난한다. 그리고 어떤 이들은 세계 최빈국인 아프가니스탄의 도시와 시골에서 여성들이 경험하는 삶 사이에 또렷한 선을 긋는다. 하지만 도시의 여성 운동가들은 시골 여성들과 자신들을 잇는 탯줄 같은 유대를 항상 강조해 왔다.

이 단편 모음집에서 우리는 다채로운 이야기들을 발견한다. 소설들은 섬세하고 미묘한 서사를 통해 이 시대의 긴급한 화두에 답하려고 노력한다. 모든 위대한 소설이 그렇듯 이 단편들도 일상의 사소함 속에 가려진 의미를 찾을 수 있도록 우리를 이끈다. 여성 작가들이 편안하게 느끼는 모국어 다리어와 파슈토어로 글을 썼기 때문에 모든 게 가능했다. 현역 작가들을 포함한 아프가니스탄의 남녀 번역가들이 영어로 해당 언어들을 번역했다.

이 책은 단순한 문학 프로젝트의 결과물이 아니다. 아프가니스탄 여성 작가들을 한데 모으고 그들의 글을 번역해서 영어권 독자들에게 전하려고 노력한 언톨드Untold의 훌륭한 시도로 얻은 선물이다. 작가들은 집필 공간은 물론이고 집필을 위한 마음의 평화를 찾기 위해 매일 고군분투했다. 이런 점에서 그녀들에게 문학은 회복과 해방을 의미했다.

소설 속 아프가니스탄 여성들의 일상은 평범하지만 때로는 숨이 막힌다. 여성 혐오, 가부장제, 끔찍한 가정 폭력과 억압처럼 충격적인 문제들이 그 일상 안에 담겨 있다. 하지만 그것이 전부는 아니다. 이 책에는 스토리텔링과 글쓰기의 예술, 그리고 기쁨이 담겨 있다. 우리는 어느새 이야기 속으로 들어가 부엌에서 볶는 양파 냄새를 맡고, 아이스크림 카트에서 흔드는 종소리를 듣는다. 우리는 또 보라색 핸드백을 들고, 고급 승용차의 '부드러운 초콜릿색 좌석'에 앉아 보기도 한다. 사실 우리 삶도 이와 크게 다르진 않다. 신발 가게에서 빨간 장화에 사로잡힌 우리는 설령 그 장화가 발에 맞지 않아도 일단 우기려 든다. 그 장화로 인해 느끼는 행복감이 우리에겐 더 중요하니까.

이 소설집에는 우리가 알지 못하고, 알고 싶지도 않은 부분도 꽤 등장한다. 소설을 읽는 동안 충격과 슬픔에 빠져들어 더이상 그 장면을 읽지 않으려고 시선을 돌리고 싶어질지도 모른다. 적어도 나는 여러 번 그랬다.

결혼식이 피에 젖고, 목숨을 걸고 운명과 벌이는 한판 승부가 바로 집과 일터를 오가는 통근이다. 많은 소설들이 현실에서의 삶과 죽음을 바탕으로 쓰였다. 아프가니스탄의 현실을 반영하듯 작중 인물들은 무사히 집에 돌아와 사랑하는 이들을 품에 안을 수 있을지 알지 못하는 채 집을 나선다.

18년간 같은 길로 통근하는 교사 하미드는 어떤가. 삶과 죽음의 경계는 숨 막힐 정도로 희미해서 단 몇 분 차이로 생사가 갈린다. 반면, 뉴스 앵커 상가가 경험하는 일상과 폭탄 사이의 간극은 놀라울 정도로 크다. 그녀는 폭탄이 떨어지는 절체절명의 위기 속에서도 뉴스 보도를 멈추지 않는다.

아프가니스탄 여성들은 물론 남성들에게도 일상의 연대기란 이런 모습일 것이다. 잔인한 전쟁은 성별을 가리지 않는다. 그간 알려지지 않았던 이 이야기들은 사회의 규칙과 기대로 얽힌 그물

망 속에서 지위 고하를 막론하고 여성들의 일거수일투족을 통제하는 남성들의 사회를 여실히 드러낸다.

이 단편들은 탈레반이 재집권하기 전에 이미 완성되었다. 아프가니스탄 여성들은 단언할 것이다. 뼛속까지 보수적인 탈레반이 그녀들의 삶에 제약을 가하는 데만 골몰해도 그녀들의 투쟁은 영원히 끝나지 않으리라고. 미국이 이끄는 나토와 탈레반 사이의 공습과 지상전이 끝나서 사람들은 안도의 한숨을 쉬었을지 모르지만, 가정 안에서 그녀들의 투쟁은 여전히 현재진행형이다.

집 안, 사람들의 머리와 마음속에도 삶은 있다. 인물들은 마음속에 떠오르는 감정과 욕망을 드러낸다. 거울로 내면을 들여다보는 여자들은 침묵과 혼자만의 공간을 갈망한다. 또 그녀들은 '상상의 발코니로 여왕처럼 발을 내디딘' 자흐라처럼 모험을 주저하지 않는다. 하지만 꿈꾸는 듯한 그녀들의 마음도 '미친 여자'라 부르고 '현실로 돌아오라'며 조롱을 일삼는 양아들로부터 벗어나지는 못한다.

일상적인 공간은 범죄 현장으로 탈바꿈하기도 한다. 부엌은 피난처인 동시에 폭력을 초래하는 공간이다. 부엌칼과 끓는 물은 무기가 되고, 일상의 도구들은 원래의 쓰임을 벗어나 다른 용도를 갖는다.

자흐라는 빨간 루비 반지를 간절히 원한다. '손가락에 끼워진 반지의 무게'를 느껴 보기 위해, 그리고 남편의 첫째 부인의 눈이 '질투로 불타오르게' 하기 위해. "고개 들 권리조차 박탈당한 듯 그녀는 머리를 숙이고 있었다." 이런 표현은 당신의 마음을 아프게 할지도 모르겠다. 사실 이 책의 많은 문장이 당신의 심장을 멎게 할 것이다.

나는 아프가니스탄 여성을 비롯한 모든 여성과 나 자신을 위한 희망을 발견하기 위해 이야기들 속에서 행복한 결말을 찾으려고 노력했다. 최악의 시대를 사는 여성들에게도 그런 결말은 존재했다. 극적인 학창 시절 안에서 꽃핀 두 소녀의 우정 이야기처럼. 이 단편은 2021년 5월 카불의 서쪽에 위치한 사이드 알슈하더Sayed al-Shuhada 고등학교에서 벌어진 야만적인 폭탄 테러 사건을 바탕으로 쓰였다. 자살 폭탄 테러범들은 하자라Hazara 소수민족 소녀들을 가장 많이 살해할 수 있는 시간과 장소를 골라 범행을 저질렀다. 나는 테러 직후 그 학교를 방문해 고통스러운 상실과 슬픔의 현장을 직접 본 적이 있다. 참혹한 테러의 전말에도 불구하고 나는 그 사건에서 교육으로 미래를 바꾸기 위해 투쟁하는 여학생들의 힘과 용기도 보았다. 나는 이 책에 담긴 어린 소녀들의 우정과 불굴의 투지를 잊을 수 없다.

어떤 작가는 이 책에서 당신이 만날 사람들을 이렇게 멋진 문구로 표현한다.

기쁨과 슬픔, 소망, 그리고 신으로 가득 찬 민족.

이 책을 통해 우리는 아프가니스탄 여성의 대표성 문제에 관한 논쟁을 어느 정도 잠재우고자 한다. 절대적인 통일성을 가진 '아프가니스탄 여성'은 없으며, 아프가니스탄에 있는 여성의 수만큼 다른 삶들이 존재하는 건 사실이다. 하지만 이 소설 모음집은 계급, 민족, 사회적 지위를 초월하는 다양한 문제들을 담으려고 노력했다.

여성을 대하는 방식은 종종 그 사회를 가늠하는 척도가 된다. 아프가니스탄보다 이 사실을 적나라하게 드러내는 사례는 없을 것이다. 나는 여성들의 상황이 이토록 아름다움과 처참함의 양극단을 오가는 나라에서 일해 본 적이 없다. 아프가니스탄 여성들은 유엔 안전보장이사회와 외교 무대에서 제2, 제3외국어인 영어로 유창하게 연설하곤 한다. 하지만 나는 충격적으로 처참한 삶을 살아가는 아프가니스탄 여성들도 만났다. 정략결혼에 반대한다는 이유로 아버지에 의해서 침대에 묶이고, 폭력을 행사하는 남편에게서 벗어나려고 애쓰다가 감옥에 갇힌 여성들처럼. 심지어 감옥을 피난처 삼아 지내야 하는 여성들도 있었다. 이렇듯 무사히 하루를 보내기 위해 수백만 아프가니스탄 여성들은 지금도 사투를 벌인다.

이 책을 읽다 보면 인간의 내면에 있는 이야기에 대한 욕망을 발견한다. 이야기만큼 중요한 것은 그 이야기를 들려주는 사람일 것이다. 개인적인 경험을 토대로 통찰력 있는 글을 쓰는 아프가니스탄 여성 작가들이야말로 아프가니스탄인들과 아프가니스탄 여성들의 삶을 제대로 보여 줄 적임자가 아닌가 싶다. 직접 자신의 언어로 전하는 여성들의 이야기는 그래서 더욱 소중하다.

I

1. 동반자Companion

마리얌 마흐주바 Maryam Mahjoba

누리여Nuria는 생수를 꺼내려고 냉장고 문을 연다. 잠시 후 스토브 위에서 물이 끓는다. 그녀는 차를 우리고, 말린 베리와 호두가 담긴 접시를 찻잔과 함께 내려놓는다. 그녀는 찻잔을 들고 앉아 맞은편 벽에 걸린 사진을 바라본다.

사진 속에서 자전거를 타는 아르살런Arsalan이 소리를 지르고 있는 것 같다. 다른 사진 속에 있는 맏아들과 며느리는 서너 살이 된 마흐디Mahdi를 안고 있다. 누리여는 마흐디가 태어나고 첫걸음마를 뗄 때 함께 하지 못했다. 사진 속 세 사람은 캘리포니아에서 케이크를 놓고 소파에 둘러앉아 있다. 아이를 제외한 부부는 사진사를 향해 미소 짓는다. 또 다른 사진에서 유스라Yusra는 녹색 차도르를 허리에 감은 채 전통 의복을 입고 있다. 그녀는 자신보다 키가 큰 꽃병 옆에서 빙긋 웃는다.

누리여는 천천히 일어나 텔레비전을 향해 걷는다. 먼지가 앉지 않도록 덮어 놓은 자수천을 걷고 리모컨의 빨간 버튼을 누른다. 탈레반의 공격으로 모비 미디어 그룹Moby Media Group[1]에서 일곱 명이 사망했다는 뉴스가 흘러나온다. 관련 영상들은 계속 화면을 가득 채운다. 슬픈 소식이지만 적어도 누리여의 지인은 다치거나 죽지 않았다. 그녀의 자녀들은 모두 해외에 거주하고 있다. 여긴 정말 살 만한 곳이 아니다. 자녀가 모두 떠나서 다행이라고 그녀는 생각한다. 떠나보내길 잘했어. 그녀는 안도한다.

탈레반이 성명서를 발표하기 전에 그녀는 텔레비전을 끈다. 리모컨을 탁자에 놓고 다시 벽을 바라본다. 언니, 조카와 함께 찍은 또 다른 사진이 눈에 띈다. 사진 속 누리여는 짧은 치마와 헐렁한 블라우스를 입고 있다. 맨다리가 무릎까지 드러나고 그녀의 짧은 머리는 곱슬거린다. 역시 맨다리를 드러낸 언니는 차도르를 쓰고 있다. 조카는 갈색 머리카락과 빨간 볼, 앵두 같은 입술을 가졌다. 입술을 살짝 벌린 조카가 사진사를 가만히 바라본다.

누리여는 차를 한 모금 홀짝인다. 언니와 찍은 사진은 얼마나 오래됐을까? 35년, 아니면 40년? 나집Najib[2]이 집권한 때부터 몇 해나 지났을까? 그녀는 심호흡을 하고 히잡을 머리에 단단히 두른다. 시계를 보니 오전 10시다.

그녀의 시선은 다음 사진으로 옮겨간다. 라일로머Lioloma가 독

1 아프가니스탄에서 제일 큰 민영 언론사.

2 모하메드 나지불라. 아프가니스탄의 대통령으로 1996년 탈레반에 의해 공개 처형되었다.

일에서 친구 셋과 찍은 사진이다. 두 명은 금발이고 나머지 한 명은 검은 머리의 흑인이다. 셋 모두 바지를 입고 있다. 라일루머도 마찬가지다. 그들은 교실에서 사진을 찍으며 카메라를 향해 이를 드러내고 활짝 웃는다. 라일로머는 어찌나 패션 감각이 좋은지! 다른 외국 여자들보다 그녀가 훨씬 세련되게 옷을 입었다. 누리여의 입가에 슬며시 미소가 번진다.

초인종이 울리고 나서야 누리여는 사진 속 자녀들의 세계에서 벗어나 현실로 돌아온다. 그녀가 주문했던 케이크와 비스킷이 배달된 모양이다. 누리여는 식당에서 온 배달원에게 문을 열어 준다. 배달원은 가벼운 인사를 건넨 뒤 돈을 받아 돌아간다. 배달원의 오토바이 엔진 소리가 웅웅거리는 도로의 차 소리와 뒤섞인다.

부엌문 옆 책상에 놓인 노트북의 전원은 꺼질 줄 모른다. 누리여는 스카이프Skype로 채팅할 때만 노트북을 사용한다. 그녀는 화상전화를 받을 때마다 의자에 앉아 노트북에 연결된 카메라를 보며 머리에 두른 히잡을 계속 단단하게 조인다. 의자에 앉자마자 그녀는 눈물을 쏟으며 화면을 향해 입을 맞춘다. "이렇게 멀리서라도 입을 맞춰야지. 사랑하는 엄마의 꽃, 소중한 내 딸."

타흐미나Tahmina가 다시 화상전화를 걸어온다. 누리여는 다시 딸에게 입을 맞춘다. 타흐미나는 무탈하다고 근황을 전한다. 아이들은 건강하고, 학교 수업과 운동으로 바쁘단다. 맞벌이하는 딸 내외도 부모로서 책임을 다하느라 바쁘게 지내는 듯하다. 손자 어라쉬Arash만 잔뜩 들떠서 할머니에게 전할 특별한 소식이 있다고 조잘거린다. 카메라 앞에 앉은 어라쉬는 다정하게 말한다. 늘 안경을 쓰고 초콜릿을 나눠 주던 옆집 할머니가 돌아가셨는데, 며칠이 지나도록 아무도 모르다가 수상한 냄새가 나고 나서야 시체로 발견되었다고. 타흐미나가 급히 카메라로 달려와 고쳐 말한다. "아직 부패하지도 않았고, 며칠 동안 방치된 것도 사실이 아니에요." 딸이 얼른 말을 보탠다. "그분은 이미 아흔 살인 데다가 원래 지병을 앓았어요. 그분이 돌아가신 것도 다들 알고 있었구요."

"엄마, 밥!" 옆에서 리저Liza가 보챈다. 멀리 있는 어머니에게 작별 인사를 하고 타흐미나는 전화를 끊는다. 누리여는 이 말이 하고 싶다. 리저와 어라쉬에게 밥 먹이고 너희들이 일하는 동안만이라도 그냥 방 귀퉁이에 머물며 너희들의 소리를 듣고 싶구나. 다른 공간에 있는 것처럼 방해하지 않고 가만히 숨만 쉬고 있으면 안될까. 하지만 그건 불가능하다. 이유는 몰라도 어쨌든 그렇다.

누리여는 자리에서 일어나 다시 사진을 본다. 복도에는 저헤드Jahid와 함께 찍은 사진이 걸려 있다. 아직 저헤드가 떠나기 전이다. 저헤드는 그녀를 사진관에 데려갔었다. 사진을 찍던 날 누리여의 가슴 밑바닥으로 묘한 슬픔이 가라앉았다. 신이시여, 저헤드마저 다른 형제자매처럼 저만 두고 해외로 가 버리면 어쩌죠? 누리여가 눈을 깜빡이는 바람에 사진을 한 번 더 찍어야 했다. 그때 찍은 두 번째 사진이 액자에 걸려 있다. 그리고 사진을 찍은 뒤 저헤드도 떠났다.

홀로 죽음을 맞이했는데 아무도 그녀의 죽음을 모르면 어떡

할까, 그런 생각이 떠오를 때마다 그녀에게 깊은 외로움이 엄습한다. 그녀는 세모꼴 히잡의 매듭을 더 단단히 조인다.

누리여는 외투를 걸치고 집을 나선다. 흰 개가 단지 입구에 보인다. 건물로 들어오지 못하게 치워 달라고 경비원에게 부탁하는 그녀의 목소리를 개도 이미 여러 번 들었을 것이다. 하지만 오늘 그녀는 말이 없다.

정오까지 얼마 남지 않았다. 많은 여자들이 점심 샐러드에 넣을 고추와 토마토를 사기 위해 밖으로 나왔다. 채소가 더 싱싱해 보이도록 가게 점원들은 계속 물을 뿌린다. 박하와 고수 향, 그리고 군중의 소요와 소음으로 주변 공기가 가득 찬다.

채소를 사면서 누리여는 젊은 점원에게 속마음을 말하고 싶은 충동을 느낀다. 청년, 내가 죽으면, 아니, 이틀 연속으로 채소를 사러 오지 않으면 우리집에 와서 확인해 줘. 내가 살아 있는지. 그런 걸 부탁하는 건 아무래도 좀 우습다. 도대체 무슨 말을 지껄이려는지 모르겠다. 그녀는 차라리 어떤 구실이라도 만들어 매일 집밖으로 나오리라고 다짐한다. 그래야 어느 날 그녀가 죽더라도 컬라 누리여Khala Nuria가 사라진 사실을 모두가 눈치챌 테고, 왜 그녀가 보이지 않았는지 의아해할 테니까.

***

집에 돌아와도 겨우 정오밖에 안 되었다. 그녀는 작은 냄비에 조금 전에 산 레몬과 피망을 쏟아부어 씻는다. 손을 말린 뒤 그녀는 창문에 팔을 기대고 밖을 내다본다. 잘 익은 오디가 뽕나무 밑에 떨어져 있다. 달콤한 오디의 기억과 진보랏빛으로 땅을 물들인 열매의 흔적만 남아 있을 뿐이다. 가을이 다가오면 뽕잎도 곧 떨어질 것이다. 오디 하나가 또 떨어졌는데 그녀는 보지 못한다. 나무가 있는 길까지의 거리 때문에 그녀는 오디가 떨어지는 광경을 볼 수가 없다. 깊게 숨을 들이마신 뒤 그녀는 세모꼴 히잡의 매듭을 다시 묶고 주머니에서 거울을 꺼낸다. 눈과 볼을 힐끗 보고 나서 그녀는 갑자기 입을 벌려 혀를 내민다. 그녀가 속삭인다. 나도 죽을지 몰라. 죽으면 어떡하지? 신이시여, 제 몸에서 시체 썩는 냄새가 나기 시작하면 어떻게 하죠? 홀로 죽음을 맞이하지 않으려면 과연 저는 무엇을 해야 할까요? 아무도 제 죽음을 모른다면 전 비참한 죽음을 맞이하고 말 겁니다. 불쌍한 몸, 불쌍한 내 몸뚱이.

깊은 슬픔이 누리여의 가슴을 잠식한다. 그녀는 냉장고를 열어 사과를 접시에 담는다. 노트북이 있는 탁자에 접시를 두고, 그녀는 맏아들 함자Hamzah에게 화상전화를 건다. 함자와 라일로머 둘 다 전화를 받지 않는다. 라일로머도 바쁜 게 틀림없다. 누리여는 꺼진 노트북 화면을 향해 기도한다. 자녀들을 위한 기도. 뽕나무 가지에 빼곡히 앉은 참새들이 지저귀는 소리가 창문 안으로 흘러 들어온다.

누리여는 탁자에 엎드려 자다가 눈을 뜬다. 의자에서 잠든 탓에 허리가 쑤시고 뻣뻣하다. 그날은 식욕도 평소와 다르다. 갑자기 담배가 피우고 싶다. 어머니에게 반항하기 위해 할머니의 담배를 훔쳐 피우던 시절처럼. 지금 그녀는 열 개비나 스무 개비도 거뜬히 피울 수 있을 것 같다. 그녀는 한꺼번에 불을 붙여 연기를 들이마시고 싶은 충동에 휩싸인다.

그녀는 계단을 내려가서 뽕나무를 지난다. 가게 안은 춥고 텅 비어 있다. 흰 개가 그녀를 따라왔다. 그녀는 점원을 바라보며 파인Pine 담배를 달라고 느릿느릿 말한다. 점원은 어린 소년이다. 아무것도 묻지 않고, 심지어 그녀가 라이터를 원하는지도 묻지 않고 점원은 담배 한 갑을 그냥 건넨다.

파인은 누리여가 유일하게 아는 담배 상표였고, 그녀는 아직도 파인 담배를 파는지 알 수 없었다. 어쨌든 그녀는 방금 산 파인 담배를 주머니에 넣고 담뱃갑을 움켜쥔다. 주머니에서 담뱃갑이 떨어지지 않도록, 아무도 담배의 주인을 묻는 일이 일어나지 않도록.

그녀는 집으로 걷는다. 흰 개가 여전히 그녀를 쫓아온다. 집에 돌아온 그녀는 창문을 열고 창가에 앉는다. 그녀는 밖을 더 잘 볼 수 있도록 의자를 창으로 끌어당긴다. 밖에는 비가 온다. 담뱃갑을 열고 한 개비를 입술 사이에 끼운 뒤 그녀는 성냥으로 불을 붙인다. 연기를 내쉬면서 그녀가 중얼거린다. 라일로머는 독일로, 타흐미나는 런던으로 갔고, 함자는 스물여섯 해 전에 떠났지. 저헤드마저 떠났고.

빗물이 뽕잎을 천천히 씻어 내린다. 흰 개는 눈을 감고 그녀의 문밖에 앉아 있다. 추적추적 비는 내리고, 그녀는 빗속으로 연기를 내뿜는다.

2. 여덟 번째 딸Daughter Number Eight

프리쉬타 가니 Freshta Ghani

늦은 오후다. 아직 저녁 기도 시간은 멀었다. 배가 고파도 나는 금식을 하고 있다. 다리가 후들거리고 손도 떨린다. 이제 막 끓기 시작한 압력솥 소리가 부엌에 감돌던 정적을 깨뜨린다. 소리는 점점 더 요란해지고, 덩달아 내 초조함도 커진다. 시계를 보니 어느덧 5시 17분이다. 나는 고기를 요리하던 불을 줄인다. 손님들을 위해 씻고 다듬고 요리해야 할 시금치가 한가득 쌓여 있다. 엉망이 된 부엌을 보고 있자니 숨이 막힌다. 시금치 다발을 꺼내 한 장씩 잎을 씻고 큼직한 칼로 자르기 시작한다. 이따금 내 안에서 이는 분노는 격렬하게 채소를 썰면서 다스리는 편이 낫다. 그게 내가 선택한 방식이다. 시금치를 전부 썰기도 전에 나는 쌀을 걱정한다. 밥을 잘 지으려면 지금부터 쌀을 물에 불려 두어야 한다.

맙소사. 오늘은 일을 제대로 할 수가 없다. 할일이 너무 많아 어떻게 해야 할지 모르겠다. 나는 안절부절못한다. 걷잡을 수 없이 가슴이 쿵쾅거린다. 얼른 저녁 준비를 마쳐야 한다. 나는 고기 냄새를 맡는다. 적당히 잘 익은 듯하다. 아, 순간 고기가 너무 먹고 싶다. 금식이 끝나면 꼭 고기 요리부터 먹으리라. 신이여, 제 금식을 어여삐 봐 주시고 이번에는 부디 아들을 낳을 수 있게 축복해 주십시오. 이것 말고 또 무엇을 신께 부탁드리겠는가. 지난 밤에 오크라와 가지를 미리 요리해 둬서 다행이다. 요리가 두 가지나 벌써 준비된 셈이니까. 나중에 데워서 내놓기만 하면 될 것이다.

옆방에서 큰소리가 들린다. 시어머니와 시누가 깔깔거리며 이야기를 나눈다. 무슨 대화를 하는지 궁금하다. 샤리파Sharifa와 너자닌Nazanin이 어디 있는지는 신만이 아실 것이다. 임신 8개월이 된 지금까지 나는 정기 검진조차 받지 못했다. 이번에는 아들일 것 같지만 혹여 무슨 일이라도 생길까 봐 두렵다. 부드러운 목소리가 들린다. 누구지? 셋째 딸 버스미나Basmeena다. 버스미나는 날 위해 샐러드 접시를 준비한다. 고사리손이 너무 사랑스럽다.

시금치와 고기 요리는 쉽고 빠르게 마무리할 수 있다. 나는 두 요리를 금세 마친다. 그런데 이 밥솥을 어떻게 혼자 들지 막막하다. 지난번 마카이Makai 아주머니는 쩔쩔매며 물 양동이를 드는 나를 보고 알아서 일을 도와주셨다. 지금 이 밥솥은 그 양동이보다 훨씬 크다.

때마침 물라mullah[3]가 저녁 기도 시간을 알린다. 어쩌면 누가 방에서 나와 밥솥 드는 것을 도와줄지 모른다. 사람들이 나오기 전에 나는 금식을 멈출 생각이었다. 하지만 음식을 집어 먹기 직전에 큰시누가 들어와 다그친다. "잘하는 짓이다. 손님들은 도착하지도 않았는데 사흘 굶은 고양이처럼 냄비를 핥고 있네!"

한 입 겨우 밀어넣은 음식이 목구멍에 걸렸다. 겁에 질려 음식이 밑으로 내려가지 않는다. 나는 얼른 접시를 치운다. 더이상 뭘 먹을 기분이 들지 않는다. 할 말은 많지만 나는 조용히 서서 입을 닫는다. 친정어머니는 늘 시어머니에게 불손하게 굴지 말라고 하셨다. 내가 모든 걸 감내해야 한다는 뜻이다. 알았어요, 어머니. 시누가 부엌에서 나가자 폭포처럼 눈물이 쏟아진다.

나는 큰 솥을 씻어 스토브 위에 올리고 불을 키운다. 내 삶이 꼭 솥 안에서 끓고 있는 물 같다. 행복은 수증기처럼 끓어 증발해 버리곤 한다. 쌀이 부드럽게 잘 익었다. 창밖을 내다봐도 솥을 내리도록 도와줄 사람은 보이지 않는다. 어쩔 수 없지. 내가 들면 된다. 아무 일도 생기지 않을 것이다.

하지만 솥을 들어올리는 순간 나는 허리에 날카로운 통증을 느낀다. 다리 사이로 양수가 흐른다. 안절부절못하며 쌀을 체에 거르고 기름과 향신료를 뿌린 뒤 솥을 다시 약불에 올린다. 다리에 힘이 빠지고 허리와 배의 통증도 심해진다. 나는 비명을 지르

3 이슬람교 성직자.

고 싶다. 더이상 일할 수 없을 만큼 극심한 고통을 느끼며 나는 바닥으로 미끄러지듯 주저앉는다. 그때 부엌문이 열리고 막내 시동생 하쉬마트Hashmat가 묻는다. "음식 준비 다 끝났어요? 손님들이 오셨는데."

하쉬마트가 부엌으로 들어오며 나를 쳐다본다. "형수님, 뭔 일이에요?" 하쉬마트는 내 얼굴에 물을 뿌리고 상태를 살피다가 부엌 밖으로 뛰쳐나간다. 얼마 지나지 않아 시어머니와 큰시누가 내 머리 위에서 아래를 내려다보며 서 있다.

"넌 참 유난스럽구나. 아주 연기가 몸에 뱄어. 힘들어서 요리를 못 하겠으면 우리한테 도와 달라고 하면 되지, 부엌에서 이러고 죽으면 친척들이랑 동네 사람들한테 우리가 뭐가 되니?" 시어머니가 쏘아붙인다. 내 시야가 점점 흐릿해진다. 하쉬마트는 어머니와 누나에게 화가 난 모양인데, 시집 식구들끼리 무슨 말을 하는지는 들리지 않는다. 죽을 것만 같다. 마지막으로 기억나는 건 검은색 자동차 시트뿐이다.

* * *

오늘은 입원한 지 사흘째 되는 날이다. 나는 주변 냄새를 맡는다. 한쪽 손에 링거 바늘이 꽂혀 있고, 내 몸은 흰 시트로 덮여 있다. 간호사가 들어와 아직 출산 전인 산모들을 나무란다. 진통을 겪는 여자들이 소리라도 지르면 간호사들은 야단부터 친다.

여자들의 눈에는 고통이 서려 있다. 내 옆에는 갓난아기에게 젖을 물리는 여자가 있다. 물끄러미 아기를 바라보니 내 아기가 생각난다. 간호사를 불러 묻는다. "제 아기는 어딨죠?"

분홍색 립스틱을 바른 간호사는 내 머리맡에 서 있다. 그녀는 차트를 꺼내고 나를 가만히 바라보다가 아무 말 없이 가 버린다. 30분이 지나 돌아온 간호사에게 나는 같은 질문을 반복한다. "아기 상태가 안 좋아서 인큐베이터 안에 있어요." 간호사가 답한다. "의사 선생님들이 자세히 말씀해 주실 거예요." 내가 재빨리 묻는다. "아들이에요, 딸이에요?" 잠시 머뭇거리던 간호사가 대꾸한다. "모르겠어요. 의사 선생님이 오시면 물어보세요."

심장이 빠르게 뛴다. 이번에는 제발 아들이기를 바라고 또 바란다. 신이 이번에는 내 기도를 들어주셨겠지만, 또 딸이면 어떡하지. 내 삶은 지옥이 될 것이다. 심장이 점점 빠르게 뛴다. 내 기도가 이루어졌기를. 이번에는 정말 아들을 낳고 싶다. 신이여, 도와주소서. 아들을 낳았다면 당신의 이름으로 가난한 자들에게 베풀고 나누겠습니다. 당신의 이름으로 금식하고 성지순례도 하겠습니다.

옆 병상에 있는 여자에게 시간을 묻는다. 11시나 됐는데 아직 내 아기를 보지 못했다. 의사는 올 기미도 보이지 않는다. 온통 멍 자국만 가득한 내 손을 바라본다. 왜 이렇게 됐지. 지난 사흘간 끊임없이 주사 바늘이 꽂힌 것 같다.

그때 나이 든 남자와 여자가 병실로 들어온다. 병원에서 일하는 직원인가. 아니다. 병원 관계자는 아닌 듯하다. 둘은 옆 병상에 있는 여자에게 음식을 가지고 왔다. 모든 여자들이 비명을 질러대지만 옆에 있는 여자를 따라가지는 못한다. 여자의 비명 때문에 나는 미칠 지경이다.

의사가 병실로 들어온다. 의사가 남자를 보고 소리친다. "남성 방문객의 출입은 안 된다고 이미 얘기했을 텐데요? 이해하지 못했습니까?" 의사는 잔뜩 화가 나 있다. 분노로 얼굴이 벌게진 의사에게 어떻게 내 아기에 대해 물어야 할지 모르겠다. 의사가 병실을 나갈 때까지 나는 한마디도 말을 꺼내지 못한다. 의사는 이제 그 방문객의 출입을 허용한 여자에게 소리치고 있다.

어떡하지. 병실에 풍기는 케밥 냄새 때문에 몹시 배가 고프다. 병원 직원 둘이 들어와서 밥과 콩, 바나나가 올려진 접시를 환자들에게 나눠 준다. 옆에 있는 여자가 몸을 기울여 내게도 음식을 조금 건넨다. 괜찮다고 해도 여자는 끝까지 음식을 내민다. 나는 여전히 배가 고프지만 뭘 삼킬 수는 없을 것 같다. 이번에도 아들을 낳지 않았다면 내 삶은 최악으로 치달을 게 뻔하다. 나는 상념에 잠긴다. 그러다가 접시를 한쪽으로 내려놓고 잠에 빠진다.

아이 울음에 나는 잠에서 깬다. 병실에는 유난히 보채는 아기가 있다. 아기 엄마에게는 아이 둘이 있는데, 하나는 한 살 혹은 한 살 반 정도 되어 보이고 다른 하나는 갓난아기다. 계속 우는 쪽은 큰아이다. 아기 엄마에게 큰애는 집에 두고 오는 편이 나았을 거라고 했지만, 그녀는 자신과 떨어져 더 심하게 보채고 우는 아이를 어쩔 수 없이 식구들이 어제 병실로 데려왔다고 얘기한다. "아이에게 신의 가호가 있기를." 내가 미소 지으며 말한다.

낮은 곧 밤이 되었다. 나는 여전히 태어난 아기에 대해 아무것도 모른다. 화장실 말고는 아무데도 갈 수 없다. 의사들은 휴식을 취하라고 하지만 아기와 떨어져 마음 편히 쉴 수 있는 엄마가 몇이나 될까. 세상에 이런 법이 어디 있지.

아침에 젊은 의사가 병실로 들어온다. 그녀는 아주 상쾌해 보인다. 두르고 있는 하늘색 히잡도 멋지다. "아기는 괜찮아요?" 내가 의사에게 다시 묻는다. "아기가 인큐베이터에 있다고 간호사가 알려 줬는데, 아들인가요 딸인가요?" 의사가 나를 신중하게 살펴보고 입을 연다. "감사하게도 아기는 살아 있습니다. 아기가 너무 약해서 숨을 계속 쉴 수 있을지 걱정할 정도였어요. 어쩌다 이 지경까지 오게 됐죠?" 내가 답한다. "선생님, 임신 중에도 금식은 지켜야 한다고 이모님이 말씀하셨거든요. 그래야 아들을 낳는다고."

의사는 잔뜩 화가 났다. "금식은 산모가 했는데 비난은 의사가 받는군요. 출산하다 죽은 산모들 때문에 의사들이 비난 받으니까. 임신 중에 금식하면 어떻게 살아남겠습니까?" 의사가 병실을 나가 버린다. 가슴이 터질 것 같다. 누군가는 내 아기가 아들인지 딸인지 나에게 말을 해 줘야 한다.

잠시 후 간호사가 들어와서 알린다. 저녁까지는 인큐베이터에 있는 아기들을 엄마들에게 데려다주겠다고. 사지가 떨리기 시작한다. 나는 몇 분마다 옆 침대에 있는 여자에게 시간을 묻는다.

아기를 보고 싶다. 진심으로 내 아기를 보고 싶다.

다시 식사 시간이다. 나는 아무것도 먹고 싶지 않다. 옆 침대에 있는 여자가 말을 건넨다. "뭐라도 좀 드세요. 젖을 물리려면 엄마의 에너지가 필요하니까." 그 말에 억지로 음식을 몇 숟가락 입 속에 욱여넣지만, 아주머니가 들어와 곧 그릇을 수거해 간다.

병실 여자들끼리 수다를 떨다 보면 금세 낮이 지나간다. 전날 밤 나는 한숨도 자지 못했다. 오늘은 입원한 지 닷새째 되는 날이다. 드디어 의사들이 아기를 데리고 와서 퇴원을 허락해 준다. 시아주버니와 형님도 왔다. 함께 가자고 하는 그들에게 재빨리 내가 묻는다. "아들이에요, 딸이에요?" 두 사람 모두 아무 말 없이 시선을 내리깐다. 나는 희망을 잃는다. 아기를 감싸고 있는 담요를 들춰 보니 딸이다.

시집 식구들과 천천히 병원에서 걸어나간다. 몸이 떨린다. 두려움 때문인지 추위 때문인지 알 수 없다. 딸을 바라보며 혼잣말을 되뇐다. 네가 아들이었으면 어땠을까. 나는 집에 도착하기 전에 죽고 싶다.

* * *

집에 도착하니 음악과 노랫소리가 들린다. 처음에는 이웃집 아들이 결혼한다고 생각했는데 아니다. 소리는 우리집에서 난다. 다행이다. 그렇다면 시동생이 결혼하는 게 틀림없다. 결혼식에 정신이 팔린 사람들은 또 딸을 낳았다고 이러쿵저러쿵 떠들지 않을지도 모른다.

마당에서 세수도 안 한 막내딸이 달려온다. 나는 가슴 가까이 아이를 끌어안고 히잡 끝으로 코를 닦아 준다. "마르와Marwa, 집에 무슨 일이 있는 거야?" 딸이 부드러운 목소리로 답한다. "몰라요, 엄마. 근데 사람들이 모두 예쁜 옷을 입었어요. 내가 입은 노란 드레스 좀 봐요." 나는 무슨 일인지 몹시 궁금하다.

방에 들어서니 여자들이 전통 과자와 초콜릿을 내 머리 위로 던지며 환영한다. 믿을 수가 없다. 딸을 낳았는데 이렇게 다들 나를 반길 줄은 몰랐다. 모두가 나를 축하해 준다. 나는 몇 달 만에 처음으로 미소 지으며 고마움을 표한다. 하지만 인사를 마치기도 전에 옆에 있는 여자가 말한다. "지금까지 남편이 두 번째 아내를 맞이하는데 이토록 행복해하는 여자를 본 적은 없어."

누군가 내 머리 위로 끓는 물을 붓는 느낌이다. 두 다리에 힘이 풀리고 목구멍까지 고통이 차오른다. 내 눈도 이미 말라 버렸다. 나는 방 중앙에 주저앉아 아기를 손에서 놓아 버린다. 옆에 있던 여자가 가까스로 아기를 잡는다. 아기의 울음소리가 내 머릿속을 마구 휘젓는다. 그 소리가 너무 듣기 싫다. 아기를 쳐다보고 싶지도 않다. 난 입을 닫는다.

여자들은 시끌벅적하다. 몇몇 여자들이 내 주위에 모여든다. 나는 여전히 나만의 세상 속에 있다. 마이완드Maiwand가 방에 들어온다. 나는 남편의 얼굴에 침을 뱉고, 남편은 내 뺨을 세차게 때린다. 나는 바닥에 쓰러지고, 남편은 방을 나간다.

나르기스Nargis 아주머니가 이제 막 몸을 푼 나에게 따뜻한 우유를 가져다주라고 자신의 딸 팔와사Palwasha에게 시킨다. 그녀는 일어나기 힘들어하는 나를 부축한다. 부엌은 엉망이고 곳곳에 접시가 널려 있다. 팔와샤는 냄비에 우유를 부어 스토브 위에 올리고 옆방에서 노랫소리가 들리자 황급히 자리를 뜬다. 노랫소리는 곧장 내 머릿속으로 파고들고, 나는 점점 더 화가 난다. 우유에 거품이 끓는다. 나는 끓는 우유를 내 머리 위로 붓고 그대로 바닥에 쓰러진다. 머리부터 발끝까지 내 몸은 불탄다.

여자들이 부엌으로 들어온다. 누가 달려와 나를 일으켜 세우고는 한숨을 쉬며 중얼거린다. "불쌍한 사람 같으니. 이 여자 남편이 다른 여자와 결혼했잖아요." 누가 큰소리로 맞장구친다. "정말 안됐지. 운이 안 좋았어. 이번이 여덟 번째인데, 또 딸이래."

3. 개의 탓이 아니다Dogs Are Not to Blame

마수마 카우사리 Masouma Kawsari

앉아 있을 때 서베르Saber의 몸은 더 안 좋아 보였다. 벽에 드리운 그의 그림자는 눈에 띄게 구부정했다. 종이 위로 몸을 굽힌 그는 마치 행간에서 뭔가를 찾고 있는 것처럼 보였다. 그는 마르고 키가 컸지만, 그렇게 앉아 있을 때는 작아 보이는 데다가 구부러진 척추도 훨씬 도드라졌다.

서베르는 청원서 대필업자로 일했다. 이 직업을 얻기까지의 과정은 녹록지 않았다. 그는 차량 정비소를 열 만큼 돈을 모으지는 못했다. 목수 일로는 생계를 유지하기 힘들었으며, 재봉사로 일하려면 재봉틀부터 사야 했다. 그렇다고 인맥이 있는 것도 아니어서 정부 기관에 아는 사람 한 명 없었다. 결국 그는 도시 어디에서도 할 만한 일을 찾을 수 없다는 결론을 내렸다.

그가 아주 어릴 때 아버지는 어머니와 그를 버리고 떠났다.

어머니는 남의 집 일을 거들며 살았고, 나이 든 지금도 여전히 남의 집에서 일한다.

일을 찾으려고 여러 해 동안 노력한 끝에 서베르는 시청에서 법원까지 이어지는 보도 사르케 마흐캬마Sarak-e Mahkamah에 작은 공간을 빌릴 수 있었다. 자기 그늘막을 가진 청원서 대필업자들도 있었지만, 그는 길가에 늘어선 상점의 차양막 아래 자리잡고 앉았다.

마르고 비실거리는 남자가 다가와 서베르의 책상 앞에 멈췄다.

"청원서 대필을 하지요?" 남자가 물었다.

서베르는 비바람을 막으려고 숄로 몸을 단단히 감쌌다. 끝이 뚫린 벙어리장갑 밖으로 서베르의 손끝만 겨우 보였다.

"물론이죠." 남자를 보지도 않고 서베르는 오래된 철제 책상의 작은 서랍에서 서류를 꺼냈다. 강풍에 종이가 펄럭거렸다.

"타즈키라tazkera[4]와 여권 사진, 서류 복사본을 가져왔습니까?"

남자가 재빨리 외투 주머니에서 비닐봉투를 꺼내 책상에 올려놓았다.

살을 에는 추위에 서베르의 손은 펜을 잡을 수 없을 정도로 무감각해졌다.

"타즈키라 주세요."

4 아프가니스탄 신분증.

서베르의 말에 남자는 비닐봉투 안에서 꺼낸 신분증을 서베르에게 건넸다. 서베르는 바람에 날리지 않도록 작은 돌멩이를 서류에 올려놓고 책상 앞에 있는 플라스틱 의자 쪽으로 고갯짓했다. 자리에 앉은 남자는 주변을 둘러본 뒤 혓바닥 밑에 머금고 있던 씹는담배를 퉤 뱉었다. 남자는 소매 끝으로 입가를 닦고 기도할 때 쓰는 묵주를 주머니에 넣었다.

"나지르Nazir 씨?"

"맞습니다."

"쉬르 컨Shir Khan의 아들이구요?"

"맞습니다. 저는 시장에서 과일과 채소를 파는 노점상입니다."

나지르는 서베르 쪽으로 머리를 기울이고 거의 속삭이듯 목소리를 낮춰 말했다.

"아버지의 아내는 두 명이었어요. 아버지가 돌아가셨을 때 이복형제들은 저에게 재산을 제대로 나눠주지 않았습니다."

갑자기 서베르의 펜에 문제가 생겼다. 종이에 몇 번 더 끄적여 봐도 펜은 나오지 않았다. 펜 제조 회사를 향해 툴툴거리며 불평을 늘어놓고 난 뒤 서베르는 다른 대필업자에게 펜을 빌려 서식을 작성하기 시작했다.

"이름… 나지르… 쉬르 컨의 아들… 본적… 현주소……"

남자는 다시 고개를 돌려 눈밭에 침을 뱉었다. 남자의 침은 이전보다 옅은 녹색이었다.

"넌 아버지의 자식이 아니야. 아버지는 유언장에 네 이름도 네 어머니의 이름도 언급한 적이 없어. 이복형제들이 이렇게 말하지 뭡니까. 제 권리는 물론이고 어머니의 권리도 찾으려고 탄원서를 작성하는 거예요. 아버지는 생전에 우리 모자를 제대로 돌보지 않았습니다. 그래서 어머니는 다른 집 일을 도와야 했지요. 우리는 평생 남들이 입던 옷을 얻어 입고 남들이 먹다 남긴 밥을 먹었어요. 전 형편이 안 돼 학교도 못 다녔죠. 아버지는 저를 결혼시켜 주지도 않았구요."

"아버지가 살아 계실 때 청원서를 제출하지 그러셨어요?" 서베르가 물었다.

"선생님, 저는 까막눈입니다. 어머니도 이런 절차를 이해하지 못하세요. 말을 꺼낼 때마다 명예를 지켜야 한다고만 말씀하시죠. 혹여 사람들 입에 아버지가 오르내릴 만한 빌미를 주면 안 된다고 하시면서. 어머니는 남들이 당신을 탓할 거라고 생각하세요. 남편 곁을 못 지키고, 결혼 생활의 어려움도 감내하지 못하는 여자라구요."

"나중에 필요하면 부를 증인이 있습니까?" 서베르가 물었다.

나지르는 자리에서 일어났다. 샬와르shalwar[5]의 매무새를 다듬고 숄을 두른 그는 외투 주머니에 손을 넣고 씹는담배가 들어 있는 비닐봉투에서 담배를 꺼내 혀 밑에 넣었다. 그는 비닐봉투를

5 허리가 헐렁하고 발목이 좁은 바지.

주머니로 다시 넣고 묵주를 꺼내 재빨리 기도문을 읊었다.

"네. 증인은 많습니다." 씹는담배 때문에 남자의 목소리가 웅얼거리는 것처럼 들렸다. "여기 사는 사람 모두가 증인이에요. 모두가 저를 압니다. 필요한 만큼 많은 증인을 데려올 수 있어요."

서베르는 서식을 완성했다. 나지르는 작성대행료를 놓고 흥정한 뒤 서류를 받고 떠났다.

벌써 정오였다. 나지르는 서베르의 첫 손님이었다. 찬바람이 여전히 거리를 휩쓸며 가게의 차양막을 뒤흔들었다. 근처 화장실에서 코를 찌르는 악취가 서베르의 얼굴까지 날아왔다. 법원 뒷길에 있는 사원에서 기도 시간을 알리는 소리가 허공으로 울려 퍼졌다. 몇몇 청원서 대필업자들은 비닐로 책상을 덮고 서둘러 기도하러 갔다. 서베르는 꽤 오래 사원에서 기도하지 않았다. 그는 모든 게 불확실하다고 느꼈다. 심지어 신조차도. 그는 비닐을 책상 위로 당겨서 펴고 잿빛 하늘을 올려다보았다. 그리고 1년 전 자살 폭탄 테러가 벌어지고 나서 법원 주위로 높이 세워진 콘크리트 벽으로 걸음을 옮겼다. 시 당국은 카불의 옛 모습 일부를 그 벽에 그려 놓았다. 전후 재건된 다룰 아만Darul Aman 궁전[6]과 아프가니스탄 병사에게 꽃을 주는 소녀의 모습이었다. 벽 밑은 소변 자국으로 얼룩져 있었고, 일부는 아직도 축축하게 젖어 있었다.

서베르는 코와 입을 가리고 숄로 몸을 감쌌다. 샬와르 끝을

---

6 아프가니스탄의 6대 왕 아마놀라 칸의 지시로 1920년대에 지어진 궁전. 1990년대 초 무자헤딘 반군과 정부군이 무력 충돌하는 과정에서 파괴되었다.

풀고 긴장된 몸을 이완시키자 오줌 방울이 신발과 바짓단으로 떨어지며 김이 얼굴로 피어올랐다. 그는 누런 오줌 줄기가 벽 밑에서 녹은 눈비에 섞여 하수구로 흘러가는 광경을 지켜보았다. 바지끈을 다시 묶은 그는 근처 노점상에서 볼라니bolani[7]를 샀다. 그는 낡은 책상으로 돌아와 숄 밑에 넣어 둔 볼라니를 한 입 베어 물었다. 리크leek[8] 찌꺼기가 이 사이에 꼈다. 그는 숄에서 뗀 실오라기를 치실처럼 끼워 이 사이에 낀 리크를 빼내고 바로 삼켰다.

볼라니를 거의 다 먹었을 무렵 서베르는 개를 발견했다. 암캐는 강아지들과 함께 화장실로 이어지는 구멍 안에 누워 있었다. 강아지들이 어미 개의 젖을 빠는 사이 암캐는 그에게 눈길을 고정했다. 그는 남은 볼라니를 개한테 던져 준 뒤 기름기 묻은 손을 문지르고 숄 귀퉁이로 입가를 닦은 다음 다시 자리에 앉았다.

법원 근처에서 일하기 시작할 때부터 서베르는 그 개의 존재를 알았다. 개는 그의 맞은편에 앉아 잠들었고, 종종 다른 대필업자들도 녀석에게 빵을 던져 주곤 했다. 한동안 사라진 듯했던 개는 곧 새끼를 배고 돌아왔다. 이제 강아지들도 태어났으니 손님이 없을 때 그는 어미 개에게 오롯이 관심을 쏟았다.

서베르는 셔츠 주머니에서 담뱃갑을 꺼내 손바닥 위에 서너 번 두드리고, 담뱃갑 뒤에 붙은 거울에 얼굴의 왼쪽과 오른쪽을 번갈아 비추어 보았다. 평소보다 그의 얼굴은 더 마른 데다가 낯

7 납작한 빵에 감자, 콩, 시금치 또는 고수 따위 향신료를 넣어 만드는 아프가니스탄 음식.

8 대파와 비슷하게 생긴 채소.

빛은 창백했고 눈은 움푹 들어가 있었다. 그는 손가락 사이로 빈약한 수염을 빗어 내렸다. 어머니가 짠 털모자가 그의 머리를 뒤덮었고, 추위에 빨개진 코는 독수리 부리처럼 보였다. 그는 입을 벌려 이를 이리저리 살피고 담뱃갑 안에서 씹는담배를 조금 꺼내 혀 밑에 넣었다. 그는 담배의 쓴맛이 좋았다. 기분이 한결 나아졌다.

서베르는 보온병에 남아 있던 차를 전부 컵에 따랐다. 찻잔에서 솟아오르는 김이 포근하고 따스하게 느껴졌다. 날씨가 더 추워졌지만 더이상 눈비는 내리지 않았다. 숄로 몸을 꽁꽁 싸매고 담배를 뱉으니 담뱃가루가 눈에 떨어지자마자 바로 얼어 버렸다. 남은 가루도 행인이 그 위를 밟고 지나가자 금세 사라졌다.

파란 부르카를 입은 여인이 다가오더니 서베르의 책상 옆에서 멈췄다. 여인은 청원서 대필업자들을 한 명씩 찬찬히 눈으로 훑었다.

"무엇을 도와드릴까요, 어머니?" 서베르가 물었다.

"안녕하세요."

서베르는 여인을 향해 가볍게 고개를 끄덕였다. 부르카의 얇은 망 사이로 드러난 여인의 눈가 주름을 보고 서베르는 여인의 나이를 눈치챘다.

"탄원서 좀 써 주세요. 다른 분보다 당신이 낫다고 들었는데."

서베르는 미소를 띠며 손짓으로 의자를 가리켰다. 의자에 앉은 여인은 방수 신발에 묻은 진흙도 아랑곳하지 않고 이야기부터 꺼냈다. 여인의 목소리는 이미 지쳐 있었다. 서베르는 그녀의 힘든 삶을 쉽게 짐작할 수 있었다. 서베르는 여인의 손을 보고 어머니를 떠올렸다. 사람들의 빨래를 하느라 피부가 약해진 어머니는 매일 밤 바셀린을 발라야 했다. 여인이 의자에 고쳐 앉으며 말했다.

"아주 어린 나이에 시집갔어요. 남편은 아이 여섯만 남겨 두고 전쟁터에서 죽어 버렸지요. 남편이 죽으니 이미 기혼이었던 아주버니가 말하더군요. 자신과 혼인하지 않으면 내 자식들을 모두 데려가 버리겠다고. 아이들을 위해 아주버니와 혼인할 수밖에 없었어요. 그런데 아주버니의 첫째 부인은 우리에게 주는 도움을 허락하지 않았지요. 어쩔 수 없이 저 혼자 일해서 아이들을 키웠습니다. 게다가 아주버니는 땅 문제로 어떤 사내와 다투다 그를 죽이고 말았어요. 그 대가로 아주버니는 자신이 죽인 사내의 형제에게 제 딸을 시집보내려고 합니다."

훌쩍이던 여인이 부르카 자락으로 눈물을 훔쳤다.

"그럼 탄원서는 어머니 이름으로 쓸까요, 따님 이름으로 쓸까요?" 서베르가 물었다.

"제 이름이요! 앞으로 문제가 생겨도 저는 감당할 수 있지만, 제 딸은 아니에요."

"자녀분들의 위임장은 가지고 있습니까?"

"아뇨. 그게 뭐죠?"

"아이들의 아버지가 살아 있을 때 위임장을 확보해야 했어요. 제가 알기로 자녀들의 위임장은 친할아버지나 친삼촌들에게 갑니다."

"저는 그런 걸 잘 몰라요. 제가 아는 건 그자들이 제 딸을 강제로 시집보내려 한다는 사실뿐이에요."

"탄원서는 따님 본인의 의사가 반영되어야 합니다." 서베르가 말했다. "관련 서류가 있습니까?"

여인은 또다시 코를 훌쩍이며 가방에서 서류 몇 장을 꺼냈다. 벼가 그려진 가방에는 여인이 직접 꿰맨 큼직한 금속 지퍼가 달려 있었다. 여인은 자신의 신분증, 세상을 떠난 남편의 신분증, 그리고 딸의 신분증과 함께 사진 한 뭉치를 꺼내 책상에 놓았다. 서베르는 신분증을 하나씩 확인한 뒤 사진을 보고 말했다.

"몇 년 전에 찍은 사진 같은데, 새로 찍어야겠습니다."

여인은 망연자실한 듯 보였다. 그녀가 사진을 가만히 바라보다가 다시 입을 열었다. "이 사진들을 쓸 수는 없을까요? 딸을 집 밖으로 끌고 나오기가 힘들어요. 그자들은 딸의 바깥출입을 막고 있어요. 그래서 학교도 그만둬야 했지요. 외출한 걸 들키면 정말 곤란한 상황이 생길 거예요."

"그래도 어쩔 수 없습니다. 어릴 때 찍은 따님 사진으로는 안 돼요."

잠시 침묵하던 여인은 서류를 다시 가방에 넣었다.

"사진을 다시 찍어 오세요." 서베르가 부드럽게 말했다. "탄원서는 금방 완성될 겁니다. 제가 여기에서 증인도 찾아 놓을 테니까 따님과 부인의 사진만 새로 찍으면 됩니다."

여인은 자리에서 일어났다. 서베르는 길 끝으로 사라지는 여인을 바라보았다. 여인의 발자국은 쏟아지는 함박눈에 금세 지워졌다.

몇몇 대필업자들은 이미 하루 일을 마치고 떠났다. 길 초입에 있는 사진관도 일찍 문을 닫았다. 이렇게 추위가 몰아치는 오후가 되면 법원 거리는 자주 텅 비었고 적막만 감돌았다.

배불리 젖을 먹은 강아지들은 이제 암캐의 목과 머리 위로 기어올랐다. 강아지들은 이따금 구멍으로 나갔다 들어오기도 했다. 그사이 어미 개는 땅에 무심히 누워 강아지들을 지켜보고 있었다. 세찬 바람에 코를 찌르는 화장실 악취와 인도의 냄새가 뒤섞여 서베르의 얼굴로 불어닥쳤지만 이미 익숙해진 그는 신경 쓰지 않았다.

근처 직업 훈련소에서 나온 소녀들이 서베르의 책상을 지나갔다. 한 소녀가 눈을 한 웅큼 집어 앞에 있던 소녀에게 던졌다. 소녀들의 웃음이 적막을 깼다. 그 광경을 보며 그는 학창 시절 직업 훈련소에서 봤던 소녀를 떠올렸다. 단지 두어 번밖에 못 봤을 뿐더러 수줍음이 많았던 탓에 그는 소녀에게 가까이 다가갈 엄두도 내지 못했다. 그녀는 다른 소녀들과 달랐고 웃을 때 유난히 예뻤다. 그는 그녀가 눈치채지 못하도록 몰래 그녀의 사진을 찍어두기도 했다.

그는 그녀의 가족 거의 모두를 보았다. 가끔 그는 거리를 두고 뒤를 밟아 그녀의 집까지 따라가곤 했다. 그는 걷거나 이웃집 아들의 자전거를 빌려 타고 그녀가 사는 거리까지 따라가서 그녀의 사진들로 가득한 온갖 담벼락을 상상하곤 했다. 하지만 그는 해외에 그녀의 약혼자가 있다는 사실을 알게 되었다. 그리고 그녀가 언젠가 약혼자가 있는 곳으로 떠나리라는 사실도.

"올라가지 못할 나무는 쳐다보지도 마, 서베르." 어머니가 말했지만, 그는 그 말을 듣고 싶지 않았다.

결국 그도 자신의 상황을 인정할 수밖에 없었다. 그에게는 변변한 직업도 집도 없는 데다가 어머니는 남의 집 일이나 도와주는 처지였으니까. 그래도 그는 여전히 그 소녀, 미나Mina를 잊을 수 없었다.

서베르와 몇몇 행인들만 인도를 따라 흩어져 있을 뿐 거리는 버려진 듯 황폐했다. 서베르는 마리화나에 불을 붙이고 느긋하게 앉았다. 그는 마리화나를 깊게 한 모금 빨아들였다. 그가 유일하게 좋아하고, 그에게 유일하게 위안을 주는 건 마리화나뿐이었다. 연기가 허공으로 퍼져 나가며 그의 쾌감은 배가 되었다. 아버지에게 버림받은 과거 따위는 더이상 중요하지 않았다. 어머니가 남의 집에서 빨래를 하는 것도, 그들이 버린 옷을 주워 온 것도 부끄럽지 않았다. 사랑했지만 행복하게 해 줄 수 없었던 소녀의 행복을 그는 기원했다. 이제 그는 터놓고 이야기할 수 있는 상대를 간절히 원했다. '서베르'라는 사람이 누구인지 무엇을 좋아하는지 무엇을 원하는지 어디에 가고 싶은지, 그리고 무엇을 할 수 있는지 터놓고 말할 수 있는 상대.

그런 상념에 빠져 현실을 잊고 있을 때 옆에 있던 대필업자가 소리쳤다. "서베르, 여기서 밤이라도 샐 작정이야?" 그제야 그는 정신을 차렸다. "아니. 이제 가야지."

그는 서둘러 보도로 향했다. 거의 모두가 떠났고, 법원 직원들은 입구에서 셔틀버스에 오르고 있었다. 그는 책상을 정리했다. 컵과 다른 물건들을 서랍 안에 넣고 잠근 뒤 다른 대필업자들처럼 의자 두 개는 다시 시장으로 옮겨 두었다.

서베르가 보도로 돌아오자 눈은 더 펑펑 쏟아졌다. 그는 화장실 구멍 근처에 앉아 강아지들을 바라보았다. 강아지들은 너무 어렸다. 추위와 배고픔에 밤새 죽을지도 모르지만 강아지들을 집으로 데려갈 수는 없었다. 집에는 그럴 만한 공간이 없을뿐더러 어머니가 화내실 게 뻔했다. 그렇다고 강아지들에게 빵을 사 줄 돈도 없었다. 그는 그날 하루와 이튿날에 쓸 정도만 돈을 벌었다.

서베르는 암캐에게 다가가 부드럽게 녀석을 쓰다듬었다. 손 밑에서 따스한 온기가 느껴졌다. 개가 천천히 숨을 쉴 때마다 갈비뼈가 위아래로 움직였다. 그는 더 가까이 암캐에게 다가가 생각했다. 이 개는 얼마나 외로울까? 먹을 것도 없이 어떻게 강아지들과 추위를 견디지? 밤새 개들이 얼어 죽으면 어쩌고? 개도 그의 애정을 느꼈는지 손길을 피하지 않았다.

그는 한 번도 사랑을 경험하지 못했다. 어머니는 그를 살뜰히 보살피지 않았고, 일을 마치고 녹초가 되거나 집주인 때문에 속이 상할 때는 더 매정해졌다. 게다가 어머니는 모든 문제를 아들의 탓으로 돌렸다.

"네가 태어나지만 않았으면 난 재혼도 할 수 있었을 거야. 비겁한 네 아비는 내 인생에 도움을 준 적이 한 번도 없지."

선생님들도 애정을 주지 않은 건 마찬가지였다. 아버지가 없고 가난한 그는 동정의 대상일 뿐이었고, 반 친구들은 그를 '꼽추 서베르'라고 부르며 놀려 대기 바빴다.

날이 어두워졌다. 몇몇 집에 불이 켜졌다. 오늘 밤은 그들의 집에 전기가 들어올 차례인가 보다. 그는 어머니를 생각했다. 지금쯤 어머니는 집에 도착해서 그를 기다리고 있을 것이다. 거리를 따라 매서운 칼바람이 불었다. 하지만 그는 여전히 쾌락에 빠져 있었다. 그는 자신이 사랑했던 소녀 미나를 떠올렸다. 히잡 사이로 언뜻 보이던 그녀의 머리카락은 길게 땋여 있었고, 그녀는 양 볼에 보조개를 머금고 미소 지었다. 그는 그녀의 머리카락을 향해 손을 뻗었다. 실크처럼 부드럽고 섬세한 머리에서 달콤한 향기가 났다. 그는 그녀의 머리에 입을 맞추려고 했지만, 화장실 구멍으로 강아지를 따라온 암캐의 기척에 멈칫하고 말았다. 부끄러운 망상에 그는 겸연쩍게 웃었다.

서베르는 힘겹게 일어나 옷에 쌓인 눈을 털었다. 그는 모자를 눌러쓰고 숄을 몸에 단단히 두른 뒤 집으로 향했다. 적막과 어둠, 추위가 그를 에워쌌다. 이따금 멀리서 시끄러운 음악을 틀고 달리는 차 소리가 들렸지만 소리는 빠르게 멀어져 갔다.

4. 공통의 언어A Common Language

퍼테마 하이다리 Fatema Haidari

우리는 번역 사무소에 앉아 있었다. 추운 날씨에도 불구하고 호객을 위해 문은 열려 있었다. 너무 추워서 손끝이 벌게졌다. 꽁꽁 언 손가락으로 컴퓨터 자판을 두드리는 게 너무 힘들어서 우리는 손님이 번역 일감을 들고 올 때마다 나지막이 욕을 내뱉었다.

일하고 있는데 사장이 도착했다. 소루쉬Soroush는 마흔여덟 혹은 아홉 정도 된 중년 남자였고, 장신에 은발이었다. 당뇨병이 있어서 그는 매일 인슐린 주사를 맞았다. 그가 밥을 먹었는지 우리에게 물었다. 벌써 1시였지만 우리는 아직 점심을 먹지 못했다. 꼭 필요할 때만 입을 여는 친구 어버Ava가 추위에 떨며 말했다.

"아뇨. 아직 콩 요리가 덜 됐어요."

소루쉬는 일꾼 저웨드Javed를 소리쳐 부르고 자리를 떠났다.

저웨드는 식탁 정리와 점심 준비를 도맡았다. 스무 살 남짓에 굵은 곱슬머리를 가진 그는 글을 읽고 쓸 줄 몰랐다. 그는 늘 느릿느릿 일했다. 어쩌면 그도 우리처럼 추위에 얼어붙었는지 몰랐다.

마침내 음식이 준비되었다. 어버, 나그마Naghmah와 나는 콩 요리가 든 작은 그릇과 빵을 들고 창문 없는 작은 방으로 갔다. 가게 중앙에 있는 그 방은 식사와 기도를 위한 공간이었다. 사장은 손님이나 친구를 만날 때도 그 방을 사용했다. 그날 나그마는 어버가 놀랄 정도로 무척 들떠 있었다. 어버는 추위와 배고픔을 견디며 간신히 일하는 상황에서 어떻게 그런 감정을 느낄 수 있는지 물었다.

"소루쉬 씨에게 우리 오빠에 대해 말했던 것 기억나? 오빠의 중독 치료를 위해 경제적인 도움을 좀 얻으려고 했잖아."

어버가 흥미를 보였다.

"그럼. 기억나고 말고."

"사장님이 오늘 대화를 좀 하자고 하네. 내 생각에는 오빠를 재활원에 보낼 수 있게 도와주려는 것 같아."

소루쉬 같은 인간이 도움의 손길을 내미는 모습을 상상할 수는 없었지만, 그래도 나는 그런 최악의 인간도 아주 작은 친절 정도는 베풀 수 있기를 희망했다. 이런저런 생각에 잠겨 있는 사이 나그마가 물었다.

"너희들 탈레반이 정부와 평화 협정을 맺는다는 얘기 들었어?"

사실 그 이야기는 너무 많이 들었다.

"그 말을 믿니? 작년에 전쟁터에서 순교한 이웃집 아들을 벌써 잊었어?"

"난 지금 같은 기분이면 뭐든 믿을 수 있어. 뭐든 잘되리라고 믿게 된다구."

나그마는 여전히 오빠를 중독에서 벗어나게 할 수 있다는 희망에 부풀어 있었다.

나는 어버의 생각이 궁금했지만 그녀는 다시 입을 닫고 숟가락으로 불에 탄 콩만 뒤적였다. 기대에 부푼 나그마는 콩의 탄 냄새나 부서진 의자 다리 따위는 전혀 개의치 않는 듯했다. 식사가 끝난 뒤 우리는 바깥방으로 돌아와 번역을 재개했다.

어느새 소루쉬가 내 옆에 앉아 손을 내밀며 말했다.

"날씨가 추운데, 손을 좀 따뜻하게 데워 줄까?"

나는 그가 신조차 두려워하지 않는 인간임을 알았기 때문에 퉁명스럽게 답했다.

"말씀은 고마운데, 제 손은 따뜻하니까 차라리 히터나 가게로 좀 가져다주세요. 저희 셋과 라이허니Reyhani 씨는 히터 정도면 충분해요." 다른 여자들과 라이허니 씨도 내 말에 동의했다.

소루쉬는 부유했지만 문맹이었다. 그는 컴퓨터를 쓸 줄도, 영어를 구사할 줄도 몰랐다. 일에 대해서도 그는 아무것도 몰랐다. 피식 웃더니 그는 우리가 일한 값으로 히터는 살 수 없다고 불평을 늘어놓았다.

그는 우리가 점심을 먹은 방으로 가서 나그마를 불렀다. 그녀는 토끼처럼 폴짝 뛰어 히잡을 머리에 당겨 매고 그를 따라갔다. 내 책상을 스치며 그녀가 속삭였다.

"봐, 다 잘될 거라고 했잖아."

그녀는 방으로 들어가서 문을 닫았다. 하지만 몇 분도 지나지 않아 우리는 나그마의 비명을 들었다. 모두 공포에 질렸다. 무슨 일이 일어났는지, 무엇을 해야 하는지 알 수 없었다. 방으로 들어갈까, 아니면 여기서 기다릴까? 키보드 위에 손을 올린 채 우리는 가만히 문에만 시선을 고정했다.

나그마는 얼굴이 퍼렇게 질려 극심한 공포에 휩싸인 채 밖으로 나왔다. 소루쉬가 그녀의 등에 대고 외쳤다.

"네 돈 가져가! 이제부터 여긴 안 나와도 돼."

소지품을 챙기는 나그마에게 물었다.

"왜 비명을 질렀어?"

그녀는 몹시 슬퍼 보였다.

"그 사람이 내 몸을 만지려고 했어. 소리치고 막았다고 날 해고한 거야."

분노가 들끓었다. 우리가 희망한 것과 정반대의 상황이 펼쳐진 게 분명했다. 나는 어버에게 우리가 나그마 편을 들어서라도 그녀가 해고당하지 않게 도와야 한다고 말했다. 어버는 망설였다. 그녀가 겁에 질린 목소리로 물었다.

"어떡하지? 근데 우리가 뭘 할 수 있겠어? 우리까지 해고되면 대학 등록금은 또 어떻게 마련하구?"

나는 오늘 일을 그냥 넘기면 내일 상황이 더 악화할 거라고 그녀에게 말했다. 결국 그녀도 내 말에 고개를 끄덕였다. 사실 나는 그녀의 망설임을 이해할 수 있었다. 그녀는 경제적인 어려움을 겪고 있었고, 우리 같은 학생들은 일자리를 찾기가 힘들었다. 그럼에도 불구하고 그녀는 소루쉬가 넘지 말아야 할 선을 넘었다는 내 의견에 동의했다.

우리는 사장에게 가서 나그마를 해고하면 우리도 그녀와 함께 일을 그만두겠다고 통보했다. 가난한 우리에게 번역 일이 매우 중요하다는 사실을 소루쉬는 잘 알았다. 그가 웃음을 터뜨렸다.

"떠나려면 떠나."

우리는 밀린 임금을 받아 떠나려고 길 건너편에서 그가 운영하는 다른 사무소로 향했다. 반달 치 월급은 받아 떠날 작정이었다. 하지만 이미 소루쉬가 회계사에게 돈을 지급하지 말라고 말해 놓았는지 회계사는 다음 날 다시 오라고만 했다. 어쩔 수 없이 우리는 집으로 돌아가야 했다.

***

예정보다 일찍 귀가해 문 앞에 서 있는 나를 보고 어머니는 깜짝 놀라셨다.

"웬일이야? 오늘은 일찍 왔네."

어떻게 답해야 할지 고민하며 나는 제자리에 계속 서 있었다. 오늘은 고객이 없어서 사장이 일찍 집에 보냈다고 익다 둘러댔다.

"그랬구나. 잘 왔어."

어머니는 내 표정을 보고 더는 아무것도 묻지 않으셨다.

그날 밤, 나는 앞으로 벌어질 일들을 떠올려 보았다. 교통비와 책값을 어떻게 구할지 막막했다. 나그마는 또 어떻고. 지금 그녀는 뭘 하고 있을까? 결국 긴 밤을 고민으로 지새웠다. 어버가 이른 아침부터 전화를 걸었다. 어버는 나그마와 함께 월급을 받으러 가자고 했고, 나는 평소처럼 출근 인사를 하고 집을 나섰다.

긴 여정이었다. 전동 인력거가 움푹 팬 도로에서 계속 덜거덕거렸다. 모너라Monara 지역의 도로 상태는 특히 안 좋아서 덜컥거리던 차들이 공중으로 솟구치기도 했다. 인력거가 흔들릴 때마다 뼈가 부러질 것만 같았다. 어버와 나그마는 가는 동안 근심을 토로했다.

회계사는 또 임금 지급을 망설였다. 자신에게는 돈이 없다며 사장에게 가라고 그가 말했다. 그들은 계속 우리를 이 사무실에서 저 사무실로 옮겨 다니게 해서 지치게 만들려는 것 같았다. 우리는 다시 소루쉬에게 갔다. 그는 우리를 보자마자 협박했다. 밀린 임금을 주지 않더라도 무력하기 짝이 없는 시여사르siah sar[9]는

9 '여편네'처럼 여성을 비하하는 표현.

아무것도 할 수 없을 거라고 그는 단언했다. 그가 옳았다. 모두 우리를 먹잇감으로 보고 있었다.

그런데 그때, 말수 적고 수줍음 많던 어버가 우리의 권리를 되찾아야 한다고 목소리를 높였다. 필요하다면 비명을 지르고 소리를 쳐서라도 소루쉬가 어떤 인간인지 온 세상에 알릴 거라고 그녀가 힘주어 말했다. 내 손이 분노로 사시나무처럼 떨렸다. 처음으로 남자와 맞서 싸우는 데 어버의 용기가 힘이 되었다. 우리는 소루쉬에게 느끼는 두려움을 감추기 위해 더 꼿꼿하게 허리를 폈다.

몇몇 고객들이 사무소에 들어왔다가 소란을 목격했다. 근심 어린 얼굴로 그들은 서류를 들고 서둘러 다른 사무소로 향했다. 이 상태가 지속되면 고객을 잃게 되리라는 사실을 소루쉬는 잘 알았다. 마침내 그가 밀린 임금을 주었다. 떠나는 우리를 향해 그가 옆 가게 주인들과 함께 조롱과 욕설을 퍼부었다.

"창녀들 같으니! 대체 그 돈으로 뭘 하려고 그래?"

내 손은 여전히 분노로 떨렸다. 밖으로 나와 나그마가 말했다.

"나 때문에 너희까지 일자리를 잃었네."

어버가 그녀를 위로했다.

"상황이 더 나빴을 수도 있어. 신에게 감사드려야지. 소루쉬 같은 인간은 성추행하고도 돈 한 푼 안 주고 내쫓았을 수 있지."

우리 셋은 버스 정류장을 향해 걸었다. 가족들에게 어떻게 이야기해야 할지 고민스러웠다. 가난한 나그마는 또 어떻게 오빠를 재활원에 입소시킨단 말인가. 하지만 어버와 함께 나는 위안을 찾았다. 내가 말했다.

"신은 위대하시지. 우리는 다시 일을 구할 거야."

5. 야간 근무The Late Shift

샤리파 퍼순 Sharifa Pasun

그녀는 치마와 정장 재킷을 꺼내고 옷장을 닫았다. 옷을 입은 그녀는 삼면거울에 자신을 비추어 보았고, 머리를 빗은 뒤 다시 거울을 보았다. 그녀는 매력 넘치는 자신의 모습에 감탄했다. 어깨를 스치는 긴 머리카락이 창문으로 쏟아지는 오후 햇살에 빛났다.

손목시계를 보니 오후 5시였다. 자동차 경적 소리에 그녀는 2층 아파트에서 창문을 열고 아래를 내려다보았다. 회색 차가 건물 계단 근처에서 그녀를 기다리고 있었다. 위를 올려다보던 운전기사가 그녀를 발견하고 경적을 멈췄다. 상가Sanga는 서둘러 핸드백을 메고 방을 나섰다. 복도에서 그녀가 외쳤다. "어머니, 다녀올게요. 차가 왔어요."

어머니가 복도로 뛰쳐나왔다. 그녀는 소매를 걷은 채 식칼을 들고 있었다. 양파를 자르고 있었는지 그녀의 눈가에 눈물이 맺혀 있었다. 상가가 뒤돌아보며 말했다. "가머이Ghamai 좀 돌봐 주세요. 지금 발코니에서 자전거 타고 있는데, 그 애 모르게 나갈래요." 그녀는 계단을 뛰어 내려갔다. 어머니는 딸의 안전을 빌면서 상가가 차에 올라타 문을 닫을 때까지 그 모습을 지켜보았다.

상가는 국영 방송국에 도착했다. 그녀는 낮에는 카불의 대학생, 밤에는 방송국 앵커였다. 그녀는 곧장 건물 왼쪽 1층 복도 끝에 있는 분장실로 향했다. 분장 담당 마리얌Maryam이 이미 분장실에 있었다. 마리얌은 갈색 곱슬머리에 키가 컸는데, 안경을 머리 위에 걸치고 안경줄을 고리 모양으로 목뒤에 늘어뜨렸다. 그녀는 중앙 거울 앞에 서서 분주하게 다른 뉴스 앵커의 머리에서 헤어롤을 빼고 있었다.

상가는 세면대에서 따뜻한 물로 세수한 뒤 거울을 보며 종이 타월로 얼굴을 닦았다. 마리얌이 머리를 손질해 주던 여자에게 물었다. "분장도 해 드릴까요, 아니면 직접 하실래요?" 7시 뉴스 앵커가 말했다. "지금은 상가의 머리를 손질해야 하잖아요. 분장은 그냥 제가 할게요."

상가가 7시 뉴스 앵커 옆에 앉자 마리얌은 상가를 찬찬히 살펴보았다. 그녀는 상가의 부드러운 머리카락을 매만지며 복장을 점검했다. "얌전하군요. 좋아요." 상가는 이런 말을 듣는 게 내키지 않았다. 자신은 늘 얌전하고 때와 장소에 맞는 옷을 입었다고 말하고 싶었다.

하지만 순간 귀가 멍해지는 폭발음이 들리는가 싶더니 모두가 허공으로 펄쩍 뛰어올랐다. 7시 뉴스 앵커가 속삭였다. "폭탄이 아주 가까운 곳에 떨어진 것 같아요." 마리얌이 기도했다. "신이여, 우리를 지켜주소서. 공격이 이어지지 않게 해 주세요." 상가가 마리얌에게 말했다. "제 분장과 머리 손질만 끝내면 빨리 집에 갈 수 있을 거예요. 저는 늦게까지 여기 남겠어요."

1985년, 반군은 아프가니스탄 군과 싸우며 정부 기관과 건물에 폭탄 공격을 감행했다. 사람들은 반군의 로켓 미사일을 '맹인 로켓'이라고 부르곤 했는데, 백 개를 쏘면 겨우 한 개만 목표를 맞출 수 있었다.

상가의 심장이 쿵쾅거렸다. 그녀는 두 살배기 아들에게 작별의 입맞춤조차 하지 못했다. 입을 맞추려 들면 가머이는 엄마를 따라가겠다고 울면서 떼쓸 게 뻔했다. 직장에 아이를 데리고 올 수 없었던 그녀는 아들에게 출근을 알리지 않고 집을 나서곤 했다.

마리얌의 목소리에는 이제 분노가 배어 있었다. "뭔 놈의 나라가 이래? 평화롭게 살도록 내버려두지 않잖아. 어떻게 이런 나라에서 먹고 살겠어?"

저녁 6시 20분에 전화벨이 울렸다. 당시 사무실 전화들처럼 전화기에는 선이 연결돼 있었다. 전화를 받은 마리얌이 수화기를 든 채 고개를 끄덕였다. 그녀가 7시 뉴스 앵커에게 말했다. "지금

보도국으로 오래요. 빨리요."

그때도 라디오와 텔레비전은 매우 중요한 언론 기관이었다. 보도국은 반군과의 전투에서 거둔 군의 승리뿐만 아니라 대통령과 장관들이 수행한 업무에 관한 기사를 작성했다. 방송 말미에는 국제 뉴스를 내보내기도 했다. 당시 아프가니스탄에서 생방송으로 뉴스를 보도하는 텔레비전 채널은 카불 시내에 하나밖에 없었다.

7시 뉴스 앵커는 핸드백에서 립스틱을 꺼내 거울을 다시 보며 빨갛게 입술 라인을 그리고 자리에서 일어났다. 그녀가 문을 닫자마자 또 폭탄이 떨어졌다. 마리얌은 공포에 휩싸였다. "계속 공격이 이어져요. 더 많은 로켓탄이 떨어질 거예요."

상가는 마리얌이 자신의 분장도 끝내지 않고 떠나지 않을까 걱정스러웠다. 여성 앵커라면 머리 손질과 분장을 제대로 마치고 텔레비전 화면에 등장하길 원할 테니까. 마리얌은 빗을 꺼내 상가의 머리카락을 여러 가닥으로 나눈 뒤 가닥마다 헤어롤을 넣었다. 상가가 차분하게 후드 아래에 앉자 미풍이 그녀의 머리를 말렸다.

얼마 지나지도 않았는데 7시 뉴스 앵커가 분장실의 문을 열고 핸드백을 가지러 왔다. 일을 마친 그녀를 집에 데려다주려고 차가 기다리고 있었다. 마리얌이 재빨리 말했다. "나도 같이 가요. 같은 방향이니까."

상가는 방에 혼자 남았다. 창밖을 보니 이미 어둑해져 있었다. 그녀는 혼자 있기 싫어서 보도국으로 향했다. 보도국 제일 위쪽에는 편집장의 책상이 있었다. 그는 보통 8시간 근무가 끝나도 늦게까지 남아 있곤 했다. 이렇게 중요한 일을 담당하는 만큼 방송국에서 근무하는 편집장과 기자, 프로듀서, 보조 직원은 모두 초과 근무 수당을 받았다.

상가는 동료들에게 인사를 건네고 중앙에 있는 긴 책상으로 갔다. 동료는 그녀의 노트가 아직 완성되지 않았다고 했지만, 그녀는 일단 작성된 노트를 받아 들었다. 씽— 휘파람 같은 소리와 함께 또 다른 폭발이 일어나는 순간에도 상가는 밑줄을 그으며 대본을 읽었다. 이번 로켓탄은 방송국 본부 뒤편에 있는 신축 건물에 떨어졌다. 강한 폭발 때문에 보도국 창문도 산산조각 났고 칼바람이 들이쳤다. 아직 가을이었지만 바람은 매서웠다. 누가 문을 열고 소리쳤다. "당장 아래층으로 가세요! 폭탄이 더 떨어질 수 있어요!"

모두 겁에 질려 자리를 떠났다. 직원들은 바삐 떠나면서도 펜과 종이를 챙겼지만, 상가는 노트를 책상에 두고 왔다. 누가 그녀에게 가까이 다가와 속삭였다. "두려워하지 말아요. 다 괜찮을 테니까." 상가도 입을 열었다. "많은 폭탄을 봤어요. 폭탄은 매일 떨어지니까. 로켓탄은 무섭지 않아요. 신이 두려울 따름이죠." 그녀가 말을 끝맺기 무섭게 또 다른 폭탄이 근처 행정 건물에 떨어졌다. 보도국 창문으로 그 건물의 옥상이 내려다보였다. 상가가 보도국 출구에 도착하자마자 불과 몇 초 전까지 그녀가 앉아 있었던 의자에 파편이 날아와 박혔다.

모두가 떠났다. 상가는 복도로 달려가 깊이 심호흡한 뒤 거의 넘어지듯 계단을 뛰어 내려갔다. 8시까지 5분밖에 남지 않았지만 그녀는 어떻게든 생방송 스튜디오로 가야만 했다. 스튜디오에 들어서기 직전 그녀는 신발을 벗고 철제 수납장에 있던 샌들로 바꿔 신었다. 스튜디오 관리자들은 장비에 문제가 생길까 봐 먼지를 일으키며 들어오는 것을 달가워하지 않았다. 보도국에 노트를 두고 온 상가는 빈손으로 스튜디오에 들어갔다. 그녀가 조명의 온기를 느끼며 자리에 앉자마자 편집장이 대본을 건넸다. 8시 뉴스를 보도할 시간이었다. 대본을 집어 드는 순간 전면 모니터에 상가의 얼굴이 보이는 동시에 생방송 뉴스를 알리는 배경 음악이 깔렸다. 그녀는 임시 속보를 읽고 정시에 보도를 마무리했다. 방음이 잘 되는 스튜디오에서는 외부의 폭발음이 들리지 않았다.

상가는 화장도 지우지 않고 방송국 건물 앞에서 차를 기다렸다. 크고 작은 차들이 직원들을 귀가시키기 위해 기다리고 있었다. 직원들은 한결같이 수심 가득한 얼굴로 머리를 숙이고 차를 향해 걸었다. 그렇게 걸으면 폭탄이 떨어지지 않는다고 믿는 것처럼.

운전기사가 상가를 얼른 차에 태웠다. 기사는 1950년대와 60년대에 러시아인들이 건설했던 주거지역 써드 마크로얀Third Macroyan

을 향해 속도를 높였다. 첫 번째 로터리를 돌기도 전에 로켓탄이 차 앞에 떨어졌다. 상가의 심장이 빠르게 뛰기 시작했다. 사방을 가득 메운 공포와 혼돈 속에서 그녀는 성인 남녀와 어린아이의 비명을 들었다. 집에 안전하게 도착하기만 하면 이번에는 기필코 뉴스 앵커를 그만두겠다고 그녀는 다짐했다. 이전에도 그녀는 몇 번 일을 그만둬야 하는지 고민한 적이 있었다. 하지만 일이 없는 삶은 도저히 견딜 수 없을 것 같았다. 일이 없는 삶은 죽음만큼 끔찍했다.

두 번째 로터리 부근에 또 다른 로켓탄이 떨어졌다. 폭탄은 그들의 차를 지나쳐 로터리의 가장자리에 떨어졌다. 기사와 상가는 몸을 숙였다. 겁에 질려 당황한 나머지 기사는 거의 차를 제어하지 못했다.

차는 간신히 그녀가 사는 마크로얀으로 진입했다. 다친 사람들이 도움을 요청하며 소리쳤지만 달려가서 그들을 돕는 사람은 아무도 없었다.

상가는 밤 9시가 되어서야 집에 도착했다. 그녀는 아파트로 뛰어 올라가서 문을 세게 두드렸다. 문은 잠겨 있지 않았다. 그녀의 귀가를 기다리며 문 뒤에 서 있던 어머니가 문을 열어 주었다. 어머니의 눈에 참았던 눈물이 그렁그렁 맺혔다.

어머니는 상가를 따라 방으로 들어갔다. 상가는 가메이의 침대로 다가갔다. 아이는 곤히 잠들어 있었다. 그녀는 아이에게 부드럽게 입을 맞추고 머리를 쓰다듬은 뒤 깊이 숨을 들이마시며 침대에 걸터앉았다. 그제야 어머니의 입가에 미소가 떠올랐다. 상가가 물었다. "기미이가 폭탄을 무서워하진 않던가요?" "아니. 자고 있었는걸. 미동도 하지 않았어." 상가가 다시 말했다. "우리집 근처에 폭탄이 떨어졌을까 봐 걱정했어요."

상가는 오늘 그녀가 가는 곳마다 폭탄이 쫓아왔다고 어머니에게 이야기했다. "막 의자에서 일어나 보도국으로 갔는데, 출구에 도착하기도 전에 폭탄이 떨어져서 의자에 파편이 박혔지 뭐예요. 정말 간발의 차이였어요. 돌아보니까 의자는 완전히 부서졌더라구요."

그녀의 목소리가 메아리처럼 방 안에 울려 퍼지는 동안 어머니는 두려움에 눈물을 터뜨렸다. 어머니는 딸을 안고 입을 맞췄고, 상가는 어머니의 품에 안겨 안도했다. 어머니는 스카프로 눈물을 닦고 레몬주스를 가져왔다. 상가는 주스를 마시고 겨우 기운을 회복했다.

밤 11시, 멀리서 개 짖는 소리가 들리더니 도로가 구급차들로 붐볐다. 폭발음은 더이상 들리지 않았다. 상가는 반군의 폭탄이 고갈된 걸 눈치챘다. 그들도 자신처럼 지쳤으리라고 그녀는 짐작했다. 이튿날 새로운 공격을 준비하기 위해 그들도 지금은 자고 있을 것이다. 하지만 누구도 다음 공격이 언제 어디를 향할지 알지 못했다.

상가는 양손으로 머리를 움켜쥐었다. 그녀의 마음은 뉴스와 시끄러운 폭발음, 구급차의 사이렌으로 가득 찼다. 그녀는 가머이가 추위를 느끼지 않도록 이불을 덮어 준 다음 옷장에서 옷 몇 벌을 꺼내 문에 걸었다. 밖에서 방이 보이지 않도록 커튼을 닫고 그녀는 텔레비전을 켰다. 마흐와쉬Mahwash[10]의 노래가 흘러나왔다. 그리고 노래가 끝나기 전에 전기가 끊겼다. 상가가 다시 커튼을 젖히자 환한 달빛이 방을 비췄다. 전기가 들어올 때를 대비해 텔레비전을 끄고 침대에 누웠지만 잠이 오지 않았다. 가머이의 예쁜 얼굴이 달빛에 빛나고 있었다. 잠든 가머이의 얼굴은 아기 천사 같았다.

이튿날 나는 상가를 보았다. 그녀는 방송국 건물에 도착해 회색 차에서 내리고 있었다. 카키색 재킷에 검은 치마를 입은 그녀는 핸드백과 책 몇 권을 손에 들고 있었다. 핸드백을 고쳐 멘 뒤 그녀는 선글라스를 벗어 머리에 걸쳤다. 건물에 들어가기 전에 그녀는 전날 입은 피해의 흔적을 둘러보았다. 그녀는 신중하고 차분하게 현장을 관찰하고 나서 방송국 안으로 들어갔다.

---

10 유명한 아프가니스탄 여성 가수.

6. 세상에서 가장 아름다운 입술

The Most Beautiful Lips in the World

엘러헤 후사이니 Elahe Hosseini

흰옷을 입은 여자가 멀리서 너를 바라본다. 너는 일어나 그녀의 시선에 답한다. 그녀는 정말 네 엄마를 닮았다. 너는 무너진 시멘트와 철재를 지나 학살의 현장을 통과해 걷는다. 다시 보니 그녀는 없다. 피가 낭자한 현장에서 너는 금팔찌를 찬 손목을 본다. 팔꿈치에서 잘려 피로 물든 팔은 멀리서도 번쩍거린다.

너는 피로 얼룩진 살점이 붙은 벨벳 드레스에 발을 디디고, 결혼식장의 잔재를 밟으며 네 운향[11] 단지를 찾는다. 먼지와 폭발의 연기 속에서도 너는 운향을 찾아 이곳저곳을 헤맨다. 너는 끊임없이 기침한다. 신랑 신부가 서 있던 곳을 지날 때 너는 조금 전까지만 해도 깔끔하게 장식되어 있던 꽃을 밟는다. 이제 꽃은 부

---

11 중동 문화에서 운향은 신성한 힘을 가졌다고 여겨져 결혼식을 비롯한 의식에 자주 사용된다.

서진 의자와 탁자 밑에 흩어져 있다. 천장에 달려 있던 화려한 장식도 벨벳 드레스처럼 밟자마자 피범벅이 되어 먼지투성이 바닥에 나뒹군다.

거기 죽어서 누워 있는 사람들 모두 결혼식에 참석하기 위해 빛나고 반짝이는 드레스를 입었다. 너는 금발의 소녀를 발견한다. 그녀는 인형처럼 누워 천장에 난 구멍으로 구름을 응시하고 있다. 너는 그녀를 발로 차서 화나게 하고 싶다. "무스카Muska는 입술이 갈라졌대요."라고 말하며 비웃고 괴롭히는 아이들을 향해 너는 소리친다. 도대체 왜 그러느냐고. 아이들 사이에서 어린 소녀가 당당하게 말한다. "입술 때문에 네 말을 하나도 못 알아듣겠어. 네 입술은 왜 그렇게 찢어졌어?"

너는 행복하다. 분노를 느끼기도, 입술을 깨물지도 않는다. 너는 요란한 검은 스피커 위에 서서 피로 얼룩진 식탁보를 하나씩 잡아당긴다. 너는 식탁보 위로 날아올라 홀 중앙에서 돌기 시작한다. 빠르게, 더 빠르게. 너의 치마와 드레스에서 벨벳 꽃들이 활짝 피어난다. 돌면서 너는 웃고 또 웃는다. 다시 흰옷을 입은 여자가 보인다. 너는 엄마를 볼 수 있어서 행복하다. 하지만 엄마는 왜 너에게 화가 났을까? 그녀는 분노에 찬 것처럼 보인다. 엄마는 또 왜 너에게 오지 않을까? 너는 엄마를 두 팔로 꼭 안고 싶지만 그녀는 다시 사라진다. 그녀는 도대체 어디로 사라졌을까?

* * *

그녀는 오른 다리로 선 채 단지를 돌려서 연기를 피웠다. 그녀는 어깨에 멘 지저분한 가방에서 석탄과 유향을 꺼내 더 많은 연기가 나도록 단지 안에 넣었다. 타오르는 운향 씨앗을 보며 그녀는 아버지가 했던 말을 모두 기억했다. 그녀가 혼잣말을 중얼거렸다. 그들은 신을 믿지 않아. 그들이 머물 곳은 지옥의 심연뿐이다. 이 세상에서 잔혹하고 끔찍한 타락을 없애려면 그들은 반드시 죽어야 한다.

아버지의 목소리가 연기 속에서 더 또렷해지고 있었다. 아버지는 그녀의 조끼를 여미며 추위에 떠는 작은 손을 잡았다. 아버지는 미소 띤 얼굴로 말했다. "걱정할 것 없다. 네 엄마가 기다리고 있으니까. 기도문을 읽어 주마. 넌 반드시 엄마를 만날 게다. 천국에서 엄마를 만날 거야." 아버지의 말을 들으니 가슴이 벅차오르면서 온몸에 피가 더 빠르게 돌았다. 그녀는 결혼식장의 아름다운 타일 위에 신발을 벗었다.

그때 어떤 여자가 식장 중앙에서 소리쳤다. "야, 너 어디 가는 거야?" 그녀의 목소리는 결혼 피로연의 소음과 음악 사이로 섞여 들어 희미해졌다. 무스카는 검붉은 실로 입술 모양이 수 놓인 흰 히잡을 꺼내 입을 맞췄다. 거기에는 이런 문구가 적혀 있었다.

세상에서 가장 아름다운 입술.

아버지가 말했다. "네가 어렸을 때 엄마가 널 위해 바느질했단다. 손수 네 입술 모양을 수 놓았지. 단 하나밖에 없는 네 엄마의 유품이다."

그녀는 손수건의 냄새를 맡으며 춤추는 신랑 신부를 바라보았다. 어린아이들이 다가와 그녀를 놀렸다. "운향 태우는 무스커, 다리까지 왜 절뚝거려?" 모두가 웃으며 음악에 맞춰 춤을 추었다. 그들은 그녀를 둘러싸고 춤을 추었다. 벨벳 드레스를 입은 금발의 소녀가 무스커의 손을 잡고 그녀의 입술을 빤히 쳐다보며 물었다. "예쁜 드레스네. 엄마가 줬어?"

무스커는 운향 단지를 아이의 얼굴에 던지고 싶었지만 손이 떨렸다. 누가 그녀의 바지를 가리키며 비아냥거렸다. "펑퍼짐한 게 꼭 시체 가죽을 걸친 것 같네." 아이들은 그녀를 언청이라고 놀려댔다.

금발의 소녀는 다른 놀림거리를 찾아 기쁜 듯 동그랗게 눈을 뜨고 말했다. "얘 냄새 좀 맡아 봐. 드디어 목욕했나 봐. 오늘은 좋은 냄새가 나." 그녀에게 다가와 킁킁거리던 소녀들이 자지러지게 웃었다. 그때 어떤 아이가 다가와 그녀를 때리고 식장 중앙으로 달아났다. 무스커는 평소와 달라진 목 상태를 느꼈다. 불타는 열감이 혀를 휘감는가 싶더니 그녀는 식장의 흰 타일 위에 피가래를 뱉었다.

곱슬머리에 얼굴을 반쯤 가린 여자가 높은 구두를 신고 그녀에게 걸어오더니 재빨리 경비를 불렀다. "운향 피우는 아이, 누가 들여보냈어?" 그녀는 같은 질문을 서너 번 반복하다가 피 묻은 손수건을 발견하고 충격에 휩싸여 소리쳤다. "피야! 피! 신이 널 저주하실 게다. 결혼식에서 보는 피는 불운을 부르는 것도 모르니?" 그녀가 무스커를 잡으려고 쫓아왔다. 하지만—

* * *

무스커는 흰 손수건으로 입을 닦은 뒤 눈을 감고 엄마 품에 안겼다. "신은 위대하시다!"라고 외치며 그녀는 신랑 신부가 있던 곳으로 몸을 날렸다. 폭발 후 공중으로 날아오른 팔다리는 동강이 난 채 식장 바닥으로 하나둘 떨어졌다.

여자들은 미친듯이 내달렸다. 그녀들은 폭발에 경악했다. 자살 폭탄 테러에는 익숙했지만, 결혼식장에서도 그런 일이 일어날 줄은 몰랐으니까. 식탁과 의자가 식장을 가로질러 날아갔고, 공포에 사로잡힌 하객들은 그 자리에 얼어붙었다.

폭발은 식장 구석에 숨으려고 했던 여자들과 식탁 아래에 숨은 하객들도 가리지 않고 몇 초 사이에 그들을 바닥에서 공중으로, 다시 공중에서 바닥으로 내던졌다. 짙은 연기 속으로 천장도 무너져 내렸다.

* * *

너는 식장 입구에서 안쪽 끝까지 고개를 돌려 둘러본다. 잔해 속에서도 엄마는 보이지 않고, 시체 위에 널브러진 의자와 식탁만 보일 뿐이다. 여자아이들은 손뼉을 치고, 너는 다시 춤을 춘다.

"우리가 네 운항 단지를 찾았어!" 금발의 소녀가 외친다.

너는 식탁 아래로 내려가 그들이 만든 원 안으로 들어간다. 살점이 눌어붙고 찢긴 옷을 입은 채 핏구덩이에 반나체로 누워 있던 여자들과 소녀들이 너를 스쳐 지난다. 소녀들은 다른 사람들을 따라간다. 금발의 소녀가 너에게도 가자고 재촉한다. 하지만 너는 혼잣말처럼 중얼거린다. 엄마, 엄마를 찾아야 해! 엄마가 여기 있었어. 떠나는 소녀들이 너에게 손을 흔든다.

엄마가 보인다. 엄마는 불과 몇 미터 떨어지지 않은 곳에 있다. 그녀는 웃지도, 너에게 미소 짓지도 않는다. 그녀는 말이 없다. 읽히지 않는 표정을 짓고 너를 바라볼 뿐이다. 멀리서 그녀의 얼굴이 반짝인다. 어쩌면 눈물에 젖어 있는지도 모른다.

이 이야기는 2019년 8월 18일 카불에 있는 두바이 시티 결혼식장에서 일어난 자살 폭탄 테러를 바탕으로 창작되었다.

Ⅱ

7. 나에게는 날개가 없다I Don't Have the Flying Wings

바툴 하이다리 Batool Haidari

집은 다시 텅 비었다. 텅 빈 집에는 나와 내 고독밖에 없다. 집이 비면 알 수 없는 욕망의 세계가 머리부터 발끝까지 나를 짓누른다. 집이 비면 나는 달라진다. 아니, 어쩌면 그냥 마음 깊이 그렇게 느끼는지도 모른다. 집이 비면 나는 다른 사람이 된다. 집이 비면 다른 사람이 되고 싶고, 또 다른 사람이 될 수 있다.

오늘 다시 집이 비었다. 아무도 없는 집에서 나는 내 고독과 함께 독서를 하려고 한다. 책장 사이로 시선을 옮기며 행간의 내용에 집중하지만 잘되진 않는다. 집중하기에 나는 너무 자유롭다. 불현듯 몸이 간지럽다. 뭔가가 몸 이곳저곳을 기어다니며 나를 간지럽힌다. 집이 반나절 넘게 빈다는 사실에 나는 슬며시 미소 짓는다. 그와 동시에 이런저런 몸의 감각들이 되살아난다. 숨이 벅차오른다. 회색 벽이 생동감 있게 물들고, 집의 냄새도 바뀐다. 벽

구석에서 풍기는 냄새는 곧 공간 전체를 지배한다. 창문을 닫아 냄새를 가두려는 찰나, 나는 스스로에게 묻는다. 지난번 일을 떠올리라고. 지난번에 마당으로 내쳐졌을 때 말이다. 나는 창문을 열어 두기로 한다.

나는 작년에 아버지가 수리한 돌계단을 천천히 내려간다. 계단은 백 년 된 지하 저장고로 통한다. 나는 계단을 따라 벽 위로 손을 미끄러뜨리며 내려가는 길의 감촉을 느낀다. 내딛는 걸음마다 계단이 흔들리고, 나는 깊은숨을 들이마신다. 바닥에 가까워질수록 오래된 벽의 흙냄새와 피부의 감각은 더 또렷해진다. 나는 계단 발치에서 낡은 나무문을 열고 생기 없이 천장에 매달린 노란 전구를 켠다. 전구는 어둠 속에서 어슴푸레한 빛을 낸다.

저장고 한편에는 나무 상자들이, 다른 편에는 양파와 감자가 담긴 커피색 자루들이 늘어서 있다. 호두 껍데기와 양파 껍질도 바닥에 널려 있다. 모든 게 먼지에 덮여 있다. 나는 석탄 더미를 향해 걷는다. 크고 작은 조각들이 뒤엉켜 쌓인 석탄의 어둠이 묘한 흥분을 일으킨다. 석탄을 옮기는 데 쓰는 큼직한 양동이로 다가간다. 양동이 뒤에는 내 나이보다 오래된 나무 상자가 있다. 아버지는 이 상자를 '아스타라한 칸Hashdaar Khan'이라고 불렀다. 엄청나게 큰 상자였을뿐더러, 무역상 아스타라한 칸의 이름을 따서 그렇게 부른 것이다.

아스타라한 칸은 소비에트 연방 시대에 바쿠Baku에서 물건을 거래했다고 아버지가 말했다. 예전에는 이런 상자를 소비에트 연방에서만 만들었단다. 상자들은 공산군과 함께 에스하이비드Ishaq-Abad를 통해 아프가니스탄으로 건너왔다. 이 상자는 쿤두즈Kunduz 시장에서 다시 카불 시장까지 온 뒤 증조할머니가 예비 신랑이었던 증조할아버지에게 마흐르mahr[12]로 받았다.

증조할아버지는 악명 높은 전쟁 당시 화염에 휩싸인 살림 백Salim Baig에 살았다. 군인이었던 그는 주민들이 대피하는 동안에도 마을에 남아야 했다. 그러다가 어느 집에서 이 상자를 발견했고, 그는 상자 안에 몸을 숨겼다. 산에서 또 다른 산으로, 그는 지금 이곳까지 상자를 끌고 왔다. 이후 아무도 상자를 새로운 곳으로 옮기지 않았다.

나는 상자 옆에 앉아 뚜껑을 연다. 흰 뚜껑 철판을 여는 데는 노력이 필요하다. 상자 안은 깊어 보인다. 상자에서 풍기는 담배와 나프탈렌 냄새가 금세 방을 가득 채운다. 어머니는 겨울옷을 이 상자 안에 보관했다. 내가 태어난 뒤로 아버지가 겨울마다 입던 양털 외투, 나와 여동생이 입던 청바지와 가죽 부츠도 상자에 넣어 두었다. 석류색이 감도는 붉은 벨벳을 접은 묶음도 몇 개 보인다. 어머니는 옷이 좀먹지 않도록 나프탈렌 뭉치도 넣어 놓았다.

12 신랑이 신부에게 주는 결혼 정약금.

천 냅킨으로 조심스럽게 포장한 러시아 제국의 고급 찻잔도 보인다. 석탄 빛깔을 띠는 오래된 찻잔에는 작은 꽃과 새가 그려져 있고, 입술이 닿는 부분은 반짝이는 흰 선으로 장식돼 있다. 이 물건들도 증조할머니가 받은 마흐르의 일부다. 증조할머니의 기일에만 이 찻잔을 쓴다. 어머니는 물라[13]와 아버지를 위해 소두구를 넣은 홍차를 내려 신선한 대추와 함께 대접하라고 나에게 부탁하곤 했다. 이런 보물을 절대 입에 올리면 안 되었다. 러시아 제국의 찻잔들을 소비에트 연방 시절의 상자 안에 은밀하게 보관하는 행위는 위험을 부를 수 있었다.

나는 포장을 벗기고 찻잔을 조심스레 바닥에 놓는다. 그리고 상자 깊은 곳에서 파란 묶음 두 개를 꺼내 하나씩 무릎 옆에 놓는다. 어머니의 결혼식 때 썼던 거울과 빗 한 쌍, 코흘koal[14]이 담긴 희고 붉은 상자 두 개가 보인다. 어머니가 아버지에게 받은 첫 번째 선물이라고 했다. 어머니의 사랑은 경이롭다. 이 묶음 속에 그 마음을 간직한 것도.

거울을 상자에 기대 놓고 동그란 내 얼굴을 비춰 본다. 나는 작은 막대로 눈두덩이가 어두워지도록 코흘을 바른다. 상자 안에는 모서리가 빛바랜 청록색으로 닳은 뚜껑 없는 립스틱도 있다. 나는 얇은 입술에 립스틱을 조금 묻혀 손끝으로 펴 바른다. 그리고 작은 구슬로 장식된 어머니의 와인색 베레모를 써 본다. 어머

13 이슬람교 성직자.

14 눈화장할 때 칠하는 안티몬 분말.

니가 정갈하게 접어 둔 흰 숄도 걸친다. 숄의 금빛 모서리가 부드럽게 내 어깨를 감싸는 순간 사그라드는가 싶던 간지러움이 다시 느껴진다. 거울 속의 나는 아름다운 젊은 여성이다.

나는 손뼉 치고 한 발로 폴짝 뛰면서 원을 그린다. 손을 허리에 얹고 부드럽게 바닥을 찌르는가 하면, 소녀들처럼 우아하고 섬세하게 발끝으로 춤추기도 한다. 모든 남자아이들이 나를 에워싸고 무릎 꿇은 채 손뼉 친다. 소녀들이 나를 질투하는 것만 같다. 내가 바닥에 발을 디딜 때마다 미소 짓는 소년들의 얼굴 위로 먼지가 피어오른다. 나는 조금 수줍다. 춤을 추며 올려다보니 파란 구름과 흰 구름이 보인다. 숄의 술기가 얼굴에 닿는 순간 뜨거운 땀이 온몸을 적신다. 젊은 손가락들이 목숨을 걸 만큼 아름다운 탐부르tambur[15] 선율도 들린다. 내 몸에서 해방된 듯이 나는 춤춘다. 아무리 살갗이 뜨겁게 달아올라도 자유가 내 몸의 열을 식힌다. 나는 나만의 아름다움에 감탄한다. 가느다란 입술 사이로 입가에 맴돌던 시를 노래하고 싶다.

바로 그때, 누가 나를 보고 있는 느낌이 든다. 아버지가 뒤에서 내 이름을 부른다. 나는 숄을 머리에서 당겨 던져 버린다. 갑자기 몸이 무거워진다. 찬란했던 색이 모두 사라지고 냄새도 바뀐다. 아버지의 눈이 불에 탈 것처럼 벌겋게 충혈된다. 아버지는 갑자기 더 늙어 보인다. 얼굴이 창백해진 아버지는 머리끝까지 화나

15 터키를 중심으로 중앙아시아와 일부 동유럽 지역에서 연주하는 전통 악기. 비파와 생김새가 비슷하다.

있다.

나는 아버지를 피해 부서질 듯한 계단을 뛰어오른다. 여섯 번째 계단을 딛는 순간 아버지가 내 발목을 움켜쥐고 나를 아래로 끌어당긴다. 나는 벗어나려고 발버둥치며 마당으로, 대문으로 계속 달린다. 아버지가 소리친다. "잡히기만 해 봐라. 내 손에 박살 날 줄 알아."

물라가 저녁 기도를 알리는 동안 여동생은 기도를 위해 얼굴을 씻는다. 종소리가 오늘 밤 유난히 크게 들린다. 터질 것 같은 가슴을 부여잡고 나는 뒷골목에 멈춰 선다. 오른손을 가슴에 올려 날뛰는 심장을 진정시킨다. 아버지의 목소리가 다시 들린다. "우라질 놈. 잡히기만 해 봐라. 아주 본때를 보여 주마."

나는 미동도 없이 숨을 들이마신다. 발바닥에 불이 난 것 같다. 나는 뒤돌아본다. 좁은 골목의 불빛은 희미하지만 아버지를 찾기에는 충분하다. 아버지는 다행히 골목에 없다.

나는 처음 그 일이 일어났던 때를 떠올린다. 사촌의 결혼식에서 부모님은 신랑의 유일한 남자 사촌인 나를 신랑 옆에 세우고 싶어 했다. 하지만 나는 그 부탁을 거절했다. 결혼식의 부산함이 싫었고, 시험공부도 해야 했다. 사실 나는 혼자만의 시간을 절실하게 원했다. 결국 부모님은 나를 집에 두고 두 분만 결혼식에 갔다.

빈집에서 나는 나를 나 자신에게 내보이고 싶었다. 타인에게 숨겨 왔던 나를 내보이고 싶었다. 나는 복도 거울 앞에 서서 턱까지 기른 머리카락을 올렸다. 머리를 귀 뒤로 넘기고 꽃이 달린 여동생의 끈으로 머리를 묶었다. 얼굴을 돋보이게 하려고 머리카락 몇 가닥도 끈 아래로 늘어뜨렸다. 내 입술은 꽃이 핀 듯 아름다웠다. 부드럽게 입술을 어루만지고 탁자에서 여동생의 립글로스를 집어 들었다. 하지만 내가 다시 거울을 올려다봤을 때 아버지가 뒤에 있었다. 공격할 준비를 마친 야생 황소처럼 선 채로.

아버지에게 결혼식에서 일찍 돌아온 이유를 물을 기회조차 없었다. 손목을 짓누르는 두꺼운 아버지의 손이 느껴질 때부터 도망쳐야 한다는 생각밖에 없었다. 아버지는 온 힘을 다해 내 손목을 움켜쥐었다. 이글거리는 아버지의 눈동자를 보자마자 내 혀는 얼어붙고 말았다.

아버지는 거칠게 머리 끈을 낚아채 거울로 던졌다. 아버지가 사방이 트인 마당으로 나를 끌고 가는 동안 내 다리는 의지에 반해 버둥거렸다. 마당에는 새 한 마리도 날아다니지 않았다. 보통은 수백 종의 새들이 하늘을 메우는데, 그날은 새라는 존재가 이 세상에 아예 없는 것처럼 느껴졌다.

아버지는 한 손으로 내 손목을 잡고 다른 손을 뒤로 뻗어 거친 벽돌 더미에서 나무 손잡이가 달린 단검 한 자루를 꺼냈다. 아버지는 눈물을 쏟던 나를 땅으로 내동댕이친 다음 아버지의 다리 사이에 나를 끼웠다. 아버지의 눈은 이미 벌겋게 뒤집혀 있었다. 말 한마디 없어도 나는 아버지가 강요하는 침묵을 이해했다.

아버지는 대추색으로 물들인 내 머리카락을 한 움큼 잘라냈다. 머리카락을 베다가 이따금 멈추던 칼날의 소리를 나는 아직도 잊을 수 없다. 몸을 일으키는 순간 발 위에 흩어진 눈물 젖은 머리카락이 보였다.

좁은 골목에서 나는 울고 있다. 여전히 손을 가슴에 얹은 채. 비가 오자 나는 사원을 향해 걷는다. 익숙한 공간에서 평화를 느끼고 싶어도 사원에 맞는 적절한 복장을 갖추지 못했다. 적어도 평상시 사원에 갈 때처럼 입지는 않았다.

그 일이 일어나고부터 아버지는 내가 가는 곳이면 어디든 따라오려고 했다. 그리고 남자들의 모임에도 나를 데려가기 시작했다. 남자들 사이에 앉으면 나도 그들처럼 행동하고 그들처럼 될 거라고 생각하는 모양이다. 여전히 나는 아버지에게 말할 수 없다. 남자가 되고 싶지 않을뿐더러 되지도 않을 거라고. 그래서 나는 새로운 방식을 찾았다. 아버지와 사원에 갈 때마다 제일 좋은 옷을 입고, 불빛 아래에서 빛나도록 머리에 한껏 오일을 바르기로. 향수를 뿌리고 사원으로 들어갈 때면 물라의 뒤에서 기도할 수 있도록 초대받으려고 애쓴다. 물라는 나의 깔끔함과 아름다움에 찬사를 늘어놓는다. 오른손을 잡고 악수할 때도 있지만 물라는 보통 내 머리를 매만진다. 나 자신의 아름다움을 알게 되는 건 그때뿐이다. 나다운 모습으로, 내가 되고 싶은 모습으로 찬사를 받는 것도. 오직 그때뿐.

8. 불운Bad Luck

어티파 모자파리 Atifa Mozaffari

샤리프Sharif는 이른 아침 라히마Rahima가 볼라니[16]를 만들 수 있도록 가장 신선한 리크[17]를 골랐다. 라히마는 볼라니를 만드느라 여념이 없었다. 그녀의 오빠 이브라힘의 아내가 아즈다르Azdhar에서 자르갸런Zargaran까지 먼 길을 리크를 들고 오던 때가 생각났다. 올케는 전날과 별반 다르지 않은 말을 늘어놓았다. 라히마는 그녀의 이야기를 그저 들었다.

"아직 아가씨는 젊고 꿈과 희망이 있죠. 하지만 혼인의 기회가 적다는 사실은 받아들여야 해요. 특히 젊고 건강한 남자와의 혼인 말이에요."

라히마는 이미 직간접적으로 그런 말을 여러 번 들었다. 그래

16 납작한 빵에 감자, 콩, 시금치 또는 고수 따위 향신료를 넣어 만드는 아프가니스탄 음식.

17 대파와 비슷하게 생긴 채소.

도 그녀는 자신만의 가정을 꾸려 아이들을 키우는 삶을 향한 바람을 멈출 수 없었다.

알리Ali는 그녀의 사촌이었다. 그들은 함께 양을 치고 땔감을 모으고 샘에서 물을 길었다. 그리고 그들은 함께 미래를 그렸다. 하지만 세월은 라히마를 배신하며 그녀의 바람을 앗아갔다.

라히마는 열다섯 살에 시력을 잃었다. 알리만 바라보던 초록 눈동자는 더이상 그를 볼 수 없게 되었다. 어둠이 그녀를 집어삼켰다. 라히마의 부모는 막내딸을 여러 물라와 사원에 데려가는 것 외에 아무것도 할 수 없었다. 그들은 라히마의 시력을 회복하기 위해 성지순례를 다녀와 살찐 양을 제물로 바쳤지만, 라히마의 눈에 떠다니는 부유물은 살찐 양보다 컸다. 카불에 가면 묘수가 있을지 몰라도 전쟁과 살생이 난무하는 그곳까지 가는 건 무리였다.

모두 각자의 삶을 걱정하며 집과 땅을 버리고 계곡으로 떠나던 시절이었다. 그사이 라히마의 고통은 잊혔다. 알리는 양 치는 일을 더는 입 밖에 내지 않았다. 그는 그녀에게 낚시하는 법을 알려 주지 않았고, 그들이 함께 샘에 가는 일도 없었다. 라히마는 그와 결혼하는 꿈을 접어야 한다는 사실을 깨달았다.

그로부터 10년이 흘렀다. 탈레반은 떠났고, 알리는 그들보다 먼저 짐을 싸서 떠났다. 그가 이란으로 가고 나서 라히마는 어둠 속에 홀로 남겨졌다. 그녀는 몇 번이고 자문했다. 그녀에게 같은 일이 일어났다면 사랑을 지켰을까.

라히마가 스물다섯이 되던 해, 올케는 지뢰 폭발로 한쪽 다리와 한쪽 눈을 잃은 자신의 남동생 샤리프와 라히마의 혼인을 주선했다.

그즈음 라히마는 눈을 대신해 손과 귀를 사용하는 법을 익혔다. 소금통은 작고 설탕통은 크고, 칼은 가스레인지 위에 놓여 있으며, 난로 옆 바구니에는 감자가 담겨 있다는 사실을 그녀는 파악하게 되었다. 그뿐 아니라 요리와 빨래, 청소도 할 수 있는 데다가 지팡이를 짚으면 오빠 집에서 시장까지 혼자서도 갈 수 있었다. 그래도 그녀는 스스로가 짐처럼 느껴졌다. 게다가 젖소 한 마리와 감자밖에 안 자라는 불모지 땅만 가진 오빠는 어린 자식들까지 먹여 살려야 했다. 말 한마디 없이 훌쩍 떠난 사람을 10년이나 기다린 걸로 충분했다. 그녀는 결정을 내려야 했다.

흰색 차도르를 입은 라히마 앞에서 물라는 혼인 서약을 읊었다. 1시간 전까지만 해도 이방인이었던 사람이 이제는 그녀의 남편이 되었다. 하지만 그녀는 남편의 생김새를 상상할 수도 없었다.

샤리프는 작은 수레에 채소를 놓고 팔았다. 뜨거운 태양 아래 몇 시간이고 앉아 손님을 기다리는 일은 고됐지만, 그는 사지 멀쩡한 남자들처럼 자신도 가족을 돌봐야 하는 처지임을 잘 알았다. 그는 라히마의 요리에 불평하는 법이 없었다. 그의 아내로 지낸 1년간 남편의 성향을 파악한 그녀는 덜 짜게 간을 맞추고, 진하게 차를 우렸으며, 조용히 지내는 데 익숙해졌다. 남편은 그녀를 소중히 대했고, 전 부인의 죽음도 더는 생생한 상처로 남지 않았다.

평범한 날들이 흘렀다. 라히마는 오빠와 살 때처럼 집안일을 도맡았다. 그녀는 시력 대신 청력을 민감하게 이용할 줄 알았다. 수레바퀴 소리만으로 남편의 귀가를 눈치챘고, 주전자 소리로 물이 끓고 있음을 알았다. 남편이 간단한 인사만 건네도 그녀는 꼭 남편에게 녹차를 건넸다. 집안일은 힘들지 않았다. 빵 두 덩이를 굽고 냄비 두 개와 컵을 씻는 것은 오빠의 집에서 하던 일보다 훨씬 단출했다.

***

저녁 식사를 준비하고 방에 앉아 라디오를 듣고 있는데, 라히마의 낡은 노키아 휴대폰이 울렸다. 오빠였다.

"남편이랑 내일 우리집에 와. 알리가 이란에서 돌아왔어."

그녀는 오빠의 말을 믿을 수 없었다. 심장이 뛰었다. 메마른 사막에 강물이 흘러넘치는 것 같았다.

하지만 이튿날 그녀는 남편의 존재를 새삼 깨달았다. 남편은 자신을 있는 그대로 인정해 준 사람이었다. 그녀는 갓 구운 빵에 설탕을 넣은 진한 차를 아침 식사로 준비했다. 진정되지 않는 마음을 애써 가라앉히며 그녀는 접시를 치우고 식탁보를 정리한 다음 남편과 오빠의 집으로 향했다.

여자 친척이 알리의 귀환에 대해 떠드는 소리가 들렸다. 라히마는 평소처럼 소문과 험담을 피해 부엌에 앉아 있고 싶었다. 조카들에게 얌전하게 굴라고 당부하는 올케의 목소리가 들렸다. 라히마는 소리가 들리는 쪽으로 걸어가 포옹하려고 손을 뻗었다.

"올케언니."

"라히마, 어서 와요. 언제 왔어요? 온 줄도 몰랐네."

"방금요. 괜찮아요. 애들 챙기느라 바쁜 것 같던데."

"왜, 응접실에 있지 않구요?"

"여자들 수다와 험담을 견딜 자신이 없어요. 그냥 언니랑 얘기할래요."

그때 남자의 목소리가 들렸다.

"잘 찾아왔군. 어서 오게!"

알리가 옆방에서 다른 남자들과 주고받는 인사말이었다. 그렇게 여러 해 동안 떨어져 있어도 라히마는 그의 목소리를 너무 쉽게 알아들었다. 남자들의 질문에 알리는 무심히 답했다. 그는 질문에 별 관심이 없는 듯했다.

"알리, 이란은 어떤가?"

"좋아요. 다들 안전하니까. 여기보단 낫죠."

알리는 그 자리에서 벗어날 핑계를 찾는 것 같았다. 라히마는 그가 오빠에게 하는 말을 들었다.

"형, 혹시 두통약 있어요?"

"기다려 봐. 하킴Hakim 어머니에게 한 알 받아 올게."

"아녜요. 신경 쓰지 마세요. 제가 직접 인사드리고 약도 받을

게요."

알리가 여자들에게 인사를 건네는 사이 하킴 어머니가 부엌에서 그를 불렀다.

"알리, 어떻게 지냈어?"

"잘 지내죠. 애들도 잘 크죠?"

"그럼. 무탈하지."

"머리가 좀 아픈데, 혹시 두통약 있어요?"

"냉장고 안에. 내가 꺼내 줄게."

알리는 하킴 어머니를 따라 부엌으로 들어왔다. 부엌 구석에 앉아 그릇을 치우던 라히마는 자신에게 향하는 그의 시선을 느꼈다. 이미 발자국 소리를 들었지만 하킴 어머니가 일부러 큰소리로 상황을 알려 주었다.

"라히마. 누가 왔는지 보렴. 네 사촌 알리가 왔어."

라히마는 자리에서 일어나 조용히 인사를 건넸다. 그들의 과거를 아는 올케가 침묵을 깨고 물었다.

"알리, 부인과 아이는? 가족은 어디 있어?"

알리는 잠시 머뭇거렸다.

"아직 결혼 안 했어요."

응접실에 있던 여자들이 떠드는 소리 때문에 알리는 말을 이을 수 없었다.

"라히마, 알리, 하킴 어머니, 부엌에서 다들 뭐 하는 거예요? 우리 배고파요!"

알리는 두통약을 들고 자리를 떠나야 했다.

남자들은 방에서, 여자들은 응접실에서 음식을 먹었다. 라히마를 제외한 여자 친척들 모두 배를 채우기에 여념이 없었다. 잃어버린 시력처럼 라히마는 식욕도 잃어버렸다. 그녀는 스스로에게 이런저런 질문을 던졌고, 그녀 인생에서 제일 긴 식사를 한 것 같았다. 식사를 끝내고 기도하는 여자의 목소리가 들리고 나서야 라히마는 오랜 기다림에서 벗어났다.

접시 정리는 끝났지만, 라히마는 유리컵이 담긴 쟁반을 옮긴다는 핑계를 댔다. 그녀는 올케와 알리에 대해 이야기하고 싶었다. 한 손에 쟁반을 들고 다른 손을 더듬어 부엌으로 향하는 길을 찾았다. 그녀는 쟁반을 내려놓고 올케를 불렀다. 하지만 올케 대신 알리의 목소리가 들렸다.

"라히마, 기다려. 이 돈 가져가."

"내가 너한테 돈 달라고 한 적 있니?"

"아니."

"근데 왜?"

"이건 네 돈이야. 네 눈을 치료하려고 모은 돈. 만나는 의사마다 물었어. 네 시력을 회복할 수 있는지. 가능하대."

다른 소리는 라히마의 귀에 들리지 않았다. 그녀는 어떤 다른 소리도 듣고 싶지 않았다. 그녀는 기쁘지도 슬프지도 않았다. 기쁨과 슬픔은 이제 그녀에게 무의미했다.

"정말 고마워, 사촌. 하지만 이제 어둠에 익숙해져서 치료는 의미 없어."

그녀는 알리에게 돈을 돌려준 뒤 작별 인사도 하지 않고 떠났다. 남편이 택시에 오르는 그녀의 손을 잡아 주었다. 그동안 알리가 자신을 그리워했는지 그녀는 궁금하지 않았다. 저녁으로 만들 요리와 남편을 설득해 밤에는 의족을 풀게 할 방법 따위가 그녀에게는 더 중요했다.

9. 친구 좋다는 게 뭐니? What Are Friends For?

샤리파 퍼순Sharifa Pasun

1986년, 전쟁이 온 나라를 휩쓸고 있었다. 정부는 반군의 진지에 공습과 지상공격을 퍼부었고, 반군은 정부의 항공기를 공격했다. 반군은 또 관공서에 단거리 미사일과 대형 로켓 미사일을 발사했는데, 미사일은 거의 명중하지 못하고 민간인 거주지와 시장에 떨어졌다. 그러는 사이 사상자는 더 늘어만 갔다.

벽시계를 보니 7시 15분 전이었다. 사이드Saeed를 등원시키기 위해 옷을 입히고, 도시락에 주스와 비스킷을 넣어 주었다. 아이에게는 신발을 신고 복도에서 나를 기다리라고 했다. 여느 때처럼 전기가 끊겨서 빛이 들어오도록 커튼을 열어 두었다. 할리마Halima의 선물을 챙겼는지 확인하고 서랍에서 열쇠를 꺼내 문을 잠근 뒤 문이 잠겼는지 거듭 확인했다.

그때 건물 밖에서 자동차 경적 소리가 들렸다. 소리가 난 곳으로 돌아보지 않으니 경적은 또 한 번 울렸다. 집주인 커짐Kazim 이었다. 그는 13일, 월세 받는 날짜에 맞춰서 왔다. 나는 사이드의 손을 잡고 차를 향해 걸었다. 커짐이 창문을 열고 소리쳤다.

"다음 달에는 만 이천 아프가니를 내야 할 거야. 계속 살지 쫓겨날지는 당신한테 달려 있어."

우리가 낸 월세로 사 먹었을 음식으로 뚱뚱해진 그의 뱃살이 옆구리로 넘쳐흘렀다.

손목시계를 보니 7시 15분이었다. 사이드의 등원까지 20분밖에 남지 않았다. 아파트로 돌아가면 차를 놓칠 게 뻔했다. 커짐에게 내일까지만 기다려 줄 수 있느냐고 물었다. 불만스러운 듯 그가 이마를 구겼다.

"지금 당장 내."

파힘Faheem의 월급으로는 입에 풀칠하기도 힘든 상황에서 내게 모아 둔 돈이 있을 리 없었다.

"나가게 되면 미리 말씀드릴게요."

나는 단호하게 대꾸했지만, 얼마 안 가서 다시 말을 바꾸고 잠시만 기다리라고 했다. 잘못 말했다가는 차에서 내린 그가 더 큰 소란을 피우는 모습을 볼 게 뻔했다.

아파트로 급히 돌아가는 도중에도 사이드는 졸리다고 울면서 보챘다. 아이를 달래며 찬장에서 만 아프가니를 꺼내 세고, 나머지는 버스를 놓치는 상황에 대비해 핸드백에 넣었다. 커짐이 다시 경적을 울렸다. 이웃이 경적을 멈추라고 소리치자 커짐도 고함으로 맞섰다.

"당신 일이나 신경 쓰지 그래!"

나는 이웃집을 지나면서 사과했고, 커짐에게 돈을 건넨 뒤 서류에 서명했다.

사이드를 유치원에 데려다주고 길을 건넜지만 대학교 셔틀버스는 이미 떠나고 없었다. 결국 사이드의 비스킷과 주스를 살 돈으로 나는 택시를 탔다. 뒷좌석에 앉아 창문을 열었다. 그래도 날씨는 따뜻했다. 햇살이 멀리 보이는 산을 따스하게 내리쬐고, 부드러운 아침 바람이 내 마음을 차분히 가라앉혔다. 신이여, 감사합니다. 나는 나지막이 읊조렸다. 햇살은 누구의 소유도 아니어서 임대료를 낼 필요가 없으니까.

택시가 도착했을 때 몇몇 학생들이 강의실로 서둘러 가는 모습이 보였다. 그들도 나처럼 지각했는지 모른다. 다른 학생들은 교정을 거닐며 이야기 나누거나 벤치에 앉아 쉬고 있었다. 학과로 가는 길에 나는 할리마를 만났다.

"왜 버스 안 탔어?"

그녀가 내 손을 잡고 자신의 사무실로 이끌었다. 나는 커짐과 있었던 일, 그리고 임대료가 얼마나 또 올랐는지를 설명했다.

"파힘이 신문사에 월급을 올려 달라고 부탁할 수는 없을까? 그게 남편의 역할이잖아."

"그런 헌신적인 공무원은 엄두도 못 낼 일이야."

"너처럼 말이지."

말끝에 할리마가 웃었다.

"헌신적인 우리 조교수님 말이야!"

흑백 줄무늬가 들어간 내 드레스를 보고 그녀가 말했다.

"너한테 어울리는 옷은 아니네. 비쩍 마른 네가 입으니까 더 말라 보여."

학창 시절부터 할리마는 내 옷에 대해 솔직하게 평가하곤 했다.

"딴 사람 줘 버리지, 뭐. 하지만 넌 안 줄 거야!"

할리마의 사무실은 아주 작았다. 모퉁이에 책상과 의자가 있었고, 작은 커피 테이블과 다른 의자가 그 앞에 놓여 있었다. 그녀는 보온병을 가지고 와서 차를 붓고 접시 위에 작은 케이크를 올렸다. 나는 그녀에게 생일 축하 인사를 건네고 선물을 주었다. 보라색 핸드백이었다. 보라색은 그녀가 가장 좋아하는 색이었다. 나는 할리마가 핸드백을 새것으로 바꿔 드는 모습을 지켜보았다. 그녀는 새 핸드백을 어깨에 걸치고 사무실을 한 바퀴 빙그르 돌았다.

"어때?"

그녀가 물었다.

"화사해!"

"나한테 딱이네."

햇살에 비쳐 더 선명해진 보랏빛을 보고 그녀가 방긋 웃었다.

차와 케이크 덕분에 나는 기운을 되찾았다. 하지만 수업을 준비하려고 일어나는 순간 쇠그릇이 바닥으로 떨어지는 듯한 날카로운 소리가 허공을 갈랐다. 할리마가 엎드리라고 소리쳤다. 우리는 바닥으로 몸을 던졌고, 그사이 더 많은 미사일이 떨어지고 더 많은 폭발이 이어졌다. 미사일 공격이 멈출 때까지 우리는 한참 동안 바닥에 엎드려 있었다.

"괜찮아?"

할리마가 물었다.

"응. 괜찮아."

공격이 시작된 후로 우리는 일상적으로 이런 대화를 주고받았다. 언젠가 그녀가 병원에 실려가서 내 피를 수혈했던 적도 있었다. 나는 창가로 가서 교정을 훑어보았다. 교정은 텅 비어 있었고 학생들은 모두 실내로 대피한 듯했다.

사무실로 돌아온 나는 학생들의 논문에 집중하려고 애썼다. 하지만 눈은 자꾸 손목시계로 향했다. 아직 정오밖에 되지 않았는데 내 신경은 온통 아파트에 쏠려 있었다. 어떻게 하면 커짐 같은 부류로부터 멀리 떨어진 곳에 집을 장만할 수 있을지 나는 계속 고민했다. 할리마가 왔고, 나는 테이블 위에 있던 책과 서류를 다시 정리하고 자리에서 일어났다. 그녀는 이른 점심을 먹자고 졸랐다.

아흐마드 저히르Ahmad Zahir[18]의 사랑 노래가 넓은 교직원 식당

18 아프가니스탄의 가수이자 작곡·작사가 (1946-1979). '아프가니스탄의 엘비스 프레슬리'로 불리기도 한다.

에 울려 퍼졌다. 말린 고수와 신선한 고추 향이 마음을 평온하게 가라앉혔다. 우리는 빈 테이블을 찾아 평소처럼 마주보고 앉았다. 웨이터가 밥과 미트볼에 간소한 샐러드와 요구르트를 곁들여 들고 왔다. 허기가 느껴지지는 않았다. 할리마가 나를 위로해 주었다. 그녀의 말처럼 다 괜찮을 것이다. 그녀는 밥 한 숟가락을 입에 넣고 내게도 먹어 보라고 권했다.

가까운 테이블에서 남자 동료 둘이 교수들을 위한 정부 주택 지원에 대해 이야기하고 있었다. 그들의 대화에 내가 끼어들었다.

"주택 신청에 대해 들은 게 있나요?"

"오늘 편지를 받았어요. 명단에 오른 사람들에게 추가 정보를 제출하라고 요청하더군요. 사진이랑 다른 서류요."

드디어 좋은 소식을 들을 수 있을지도 모른다고 나는 생각했다.

"넌 정말 행운아야, 할리마. 너랑 네 오빠는 다 집이 있잖아."

"큰오빠는 신청서를 보낼 때 땅을 좀 달라고 했는데 세상에, 아파트도 받았어."

"어떻게?"

"오빠가 정부 관계자를 좀 알거든. 신청 과정에서 도움을 얻었지."

그 말을 들으니 커짐이 떠올랐다. 어쩌면 그도 쉽게 정부로부터 아파트를 지원받은 다음 우리에게 터무니없이 비싼 임대료를 받고 있는지 모른다. 아니면 할리마의 오빠처럼 정부에서 집을 여러 채 받아 그 집 모두에 비싼 임대료를 부과하고 있든가.

"너희 오빠, 그 아파트에 살아?"

"아니. 세줬어. 내 아파트였으면 너한테 공짜로 살게 해 줄 텐데."

"할리마, 넌 너무 착해."

"친구 좋다는 게 뭐니?"

그녀가 말을 이었다.

"오빠는 사실 정부에서 내 이름으로도 아파트를 한 채 받았어. 자기 이름으로 벌써 두 채나 있어서 또 받을 수는 없었거든."

나는 물을 들이켰다.

"그럼 그 아파트도 세주고 있어?"

"응. 둘째 오빠가 거기서 임대료를 받아."

나는 밥을 입 안에 밀어넣으며 생각했다. 정부에서 일하는 친척만 있어도 도움을 받을 수 있을 텐데. 하지만 아무도 머릿속에 떠오르지 않았다. 가난한 사람 곁에는 가난한 친구들만 있는 법이니까.

그날 늦은 오후, 내 수업이 취소돼서 학과장 사무실에 방문할 시간이 생겼다. 내가 도착하니 할리마가 마침 그의 사무실에서 나오고 있었다.

"여기서 뭐해?"

그녀는 얼굴을 붉히며 아무 말 없이 나를 지나쳤다. 벌써 1년 전부터 할리마는 업무와 관련된 사항이 있으면 나와 의논하는 대신 곧장 학과장 사무실에 찾아가곤 했다. 사실 첫날부터 그녀는 학과장에게 이성적인 매력을 느낀 듯했다. 하지만 그는 괜찮은 남자라기보다 바람둥이에 가까웠다.

"할리마!"

내가 큰소리로 다그치자 그녀가 얼굴을 붉혔다.

"토지 신청을 논의하러 왔어. 자격조건이랑 신청서에 관해서. 학과장이 내 이름을 명단에 올려 줬거든."

"그래도 너와는 자격조건이 안 맞잖아."

"질투심 때문에 내 이름을 명단에 올리지 않은 건 너였겠지."

할리마가 말했다.

"이번 신청은 땅이나 집이 없는 교수만 할 수 있어. 넌 이미 아파트가 있잖아. 거짓으로 쓸 수는 없었어."

"그래, 친구 좋다는 게 뭐겠니?"

학과장이 나를 사무실로 불렀다. 나는 정부에서 보낸 확인서와 신청자 명단을 보여 달라고 요청했다. 딴생각을 하는지 그는 나를 쳐다보지도 않았다.

"교수들이 가르칠 생각은 하지 않고 죄다 토지 지원 신청이나 문의하러 오는군."

명단을 집어 든 그는 첫 장은 보지도 않고 두 번째 장으로 넘겼다.

"명단 좀 줘 봐요."

아무리 보고 또 봐도 내 이름을 찾을 수 없었다. 한 번 더 명단을 훑어도 할리마의 이름은 있지만 내 이름은 없었다.

"제 이름은요?"

내가 물었다.

"아, 당신 이름이 제외됐다는 말을 아직 못했네."

그가 심드렁하게 대꾸했다.

"언제요?"

"명단이 처음 작성됐을 때."

"그건 1년 전이잖아요. 누가 제 이름을 뺐죠?"

"내가."

"하지만 전 무주택자예요. 집이 없다구요."

"내가 뭘 알겠소? 당신 자리는 할리마에게 줬소. 할리마는 집이 없다는 사실을 이미 증명했거든."

그제야 그가 무슨 말을 하는지 눈치챘다. 몸에 열이 오르고 이가 갈렸다. 나는 테이블 위에 명단을 던지듯 내려놓았다.

"왜 말을 안 했죠? 미리 말했으면 제 상황도 설명할 수 있었잖아요. 땅이라도 얻어서 가족을 돕게 제발 뭐라도 하게 해 줘요."

"명단은 벌써 정부에 넘겼소. 이름을 추가하거나 삭제할 수는 없지."

학과장의 말에 몸이 뒤틀렸다. 나는 귀를 의심했다. 고통스러웠다. 그리고 고통보다 더 끔찍한 건 친구의 배신이었다. 나는 서둘러 사무실로 돌아갔다. 책상 위에 있던 돌을 집어 양손에 옮겨 쥐며 분노를 삭였다. 둘도 없던 친구 할리마는 희망을 절망으로 뒤바꿔 버렸다.

저녁에 유치원에서 사이드를 데리고 왔다. 사이드는 미소 지으며 나를 꼭 안아 주었다. 아이는 내 목을 감싸 안았고 나는 아이 얼굴에 입을 맞췄다. 아이의 작은 팔 안에 안겨서 나는 극심한 피로와 고통을 잠시나마 잊었다.

이튿날 나는 다시 사무실에 앉아 있었다. 읽히지도 않는 책에 머리를 파묻고 고군분투하다가 간신히 책을 덮고 복도를 내다보는데, 할리마가 보였다. 가슴이 아팠다. 나는 그녀를 가만히 바라보았다. 우리는 자매나 다름없었다. 그녀에게 내 피까지 내어주지 않았던가. 나는 부조리를 용인한 스스로를 용서할 수 없었다. 책상에서 돌을 들어 있는 힘껏 던졌다. 돌이 벽에 부딪쳤고, 옆방에 있던 교수들이 놀라 우왕좌왕했다. 할리마도 밖으로 나왔다. 하지만 나는 그녀를 외면했다. 누구는 폭탄이 터졌다고 했고, 또 누구는 미사일이 떨어졌다고 했다.

10. D는 더우드의 D D For Daud

아너히터 가립 나워즈 Anahita Gharib Nawaz

나는 검사 집무실 앞 복도에 앉아 있다. 내가 도주하는 것을 막기 위해 경찰관이 내 옆에 서 있다. 한 달 전까지 아이들에게 알파벳과 산수를 가르치던 내 손에는 수갑이 채워져 있다. 나는 다시 손에 흰 분필 가루를 묻히는 삶을 살고 싶지만, 내가 원하는 대로 인생이 흘러가는 것만은 아니다.

내가 도착했을 때 이미 세 사람이 복도에서 재판을 기다리고 있었다. 군인이 그림자처럼 바짝 붙어 감시하던 두 번째 남자는 두 눈 가득 눈물이 고인 채 법정 밖으로 나온다. 그의 친척들이 그를 에워싸고, 어머니로 보이는 중년 여성이 그의 발밑에 주저앉는다. 자신의 이마를 계속 내리치면서 그녀가 울부짖는다. "왜 그 여자를 죽였어? 왜? 왜 내 인생 말년을 이렇게 수치스럽게 만드냐구. 나한텐 너밖에 없는데, 넌 이렇게 날 홀로 버려두는구나."

내심 그 청년이 부럽다. 내게도 나를 위해 속상해할 사람이 있었으면 좋겠다. 부모님은 평판을 신경 쓴 나머지 단 5분도 내게 해명할 기회를 주지 않았다. 고독이 두려워도 겁먹어서는 안 된다. 나보다 더 외로운 잠쉬드Jamshid를 생각해야 한다.

세 번째 사람이 법정으로 들어간다. 검은 옷을 입은 여자들과 남자들 사이로 잠쉬드와 그의 누나가 복도 끝에서 모습을 드러낸다. 여자들과 남자들은 잠쉬드 매형의 친척들이 틀림없다. 잠쉬드의 누나는 얼굴을 들 권리를 빼앗긴 사람처럼 고개를 푹 숙이고 있다. 그녀는 오늘 검은색 숄을 걸치고 있다. 그녀를 보면 나는 시여사르siah sar라고 불리는 여성을 이해할 수 있다. 그녀는 그 단어를 완벽히 대변하는 존재다. 시여사르, 어둠으로 수렴하는 운명을 타고난 여자들.

9살 때 그녀는 도박꾼이자 난봉꾼이었던 아버지의 학대로 어머니를 잃었다. 할아버지뻘 되는 호색한에게 그녀를 강제로 시집보낸 장본인도 아버지였다. 남동생이 그녀의 유일한 희망이었다. 그녀는 남동생이 학교에 다니고 미래를 계획해서 그들 남매를 불행에서 구원해 주기만을 희망했다.

나를 향해 가까이 다가오는 걸음에서도 나는 그녀의 고통을 느낀다. 그 일이 일어난 뒤 나는 매일 밤 같은 꿈을 꾼다. 꿈속에서 그녀의 남편은 한 걸음씩 그녀를 향해 다가간다. 그가 가까워질수록 그녀의 비명은 커진다. 나는 잔인하고 우악스럽게 그녀의 머리카락을 움켜쥐고 구석으로 끌고 가는 남편을 본다. 남편의 주먹질과 발길질 사이로 그녀의 울음과 신음이 새어 나오고, 잠쉬드는 정원에 난 문으로 그 장면을 엿본다. 잠쉬는 내 손을 잡고 눈물을 쏟는다. 나도 그 장면을 보고 있지만 아무것도 할 수 없다. 감히 마을 촌장에게 맞서기에 나는 너무 소심하다. 꿈에서도 나는 스스로가 부끄럽다. 벽에 머리를 기댄 채 수치스럽게 눈을 감는다. 다시 잠쉬드가 보인다. 나는 뭔가를 찾으려고 마당을 뛰어다니는 그 아이를 본다. 아이는 접시가 담긴 바구니에서 뭔가를 집어 들고 방으로 뛰어 들어간다. 늘 이 지점에 이르면 나는 꿈에서 깬다.

* * *

법정으로 들어간다. 나는 피고인석에 서 있다. 판사가 동료들과 내 오른편에서 사건을 검토하고 있다. 아직 재판이 시작되지 않아서 사람들은 자유롭게 법정 안팎을 드나든다. 내 왼편에는 피해자의 가족과 내 변호사, 그리고 피해자의 변호사가 있다. 가족과 친구들을 보고 싶지만 아무도 보이지 않는다. 잠쉬드를 제외하고 아무도 없다. 피가 섞인 가족은 아니어도 잠쉬드는 내 아들이나 다름없다. 잠쉬드는 내 교실에 처음 들어왔던 그날처럼 수심 가득한 얼굴로 누나 곁에 앉아 작은 다리를 앞뒤로 흔든다.

잠쉬드가 교실로 들어왔을 때 나는 그 아이에 대해 아무것도 몰랐다. 인근 마을에서 전학 오는 학생이 있다고 교장이 귀띔해 준 것을 빼면. 환영 인사를 건네도 아이는 말 한마디 내뱉지 않았다. 아이는 머리를 푹 숙인 채 맨 뒷줄에 가서 앉았다. 게다가 아이는 첫날부터 지각했다. 아이가 들어오는 순간 마지막 수업 종이 울렸다. 마지막 교과목은 다리어였다. 나는 알파벳을 암송할 사람에게 손을 들라고 했고, 손을 들지 않은 학생은 그 아이뿐이었다.

나는 잠쉬드에게 알파벳 암송을 시켰다. 하지만 아이는 미동조차 하지 않았다. 나는 두세 번 같은 말을 반복했고, 다른 아이들은 잠쉬드가 알파벳도 모르는 것 같다며 수군거렸다. 나는 학생들에게 다시 말했다. 잠쉬드가 알파벳을 안다면 셋까지 세는 동안 일어나서 암송을 시작할 거라고. 잠시 후 잠쉬드가 일어났다. 여전히 고개를 푹 숙인 채.

"좋다. 얼마나 아는지 보자."

머뭇거리다가 아이는 암송을 시작했다. "A는 아너르Anar[19]의 A, B는 버버Baba[20]의 B, Te는 타바르Tabar[21]의 Te, D는……" 거기서 아이는 멈췄다. 나머지 아이들이 소곤거려 답을 알려 줬다. "더우드Daud, 더우드." 하지만 아이는 학생들의 말이 들리지 않는 것처럼 행동했다. 나는 아이를 자리에 앉히지 않고 처음부터 다시 암송해 보라고 했다. "A는 아너르의 A, B는 버버의 B, Te는 타바르

19 석류.

20 아빠.

21 도끼.

의 Te, D는……" 다시 침묵이 이어졌다.

아이의 두 손이 떨리는 것을 눈치채고 나는 아이에게 다가갔다. 아이는 사실 온몸을 떨고 있었다. 도대체 왜 아이가 그토록 고통스러워하는지 나는 이해할 수 없었다. 아이의 등에 손을 얹고 내가 말했다. "괜찮다. 다음 다리어 시간까지 열심히 공부하면 돼."

수업을 마치는 종이 울렸다. 아이들은 앞다투어 교실을 떠났다. 나는 마지막 학생이 교실을 떠날 때까지 여전히 미동도 하지 않는 잠쉬드를 가만히 바라보았다. 잠쉬드는 조용히 교과서를 챙겨 일어섰다. 나는 한마디라도 아이의 목소리를 들어야겠다고 생각했다. 내 책상을 지나는 아이를 멈춰 세우고 아이와 눈을 맞췄다. 나는 아이의 손을 잡고 어떤 문제라도 기꺼이 도와주겠노라고 약속했다. 내가 직접 알파벳을 가르쳐 주겠다는 약속도 했다.

아무 말 없이 내 말을 듣고 있던 아이는 어느 순간 갑자기 무너졌다. 아이가 눈물을 쏟으며 말했다. "라일러Leila, 라일러." 아이가 문제를 조목조목 설명할 수 있는 상태가 아님을 나는 곧 깨달았다. 아이를 안고 진정시킨 다음 눈물을 닦아 주고 집으로 돌려보내며 말했다. "내일 다시 이야기하자." 아이는 천천히 교실 밖으로 나갔다.

나는 몇몇 주민과 대화를 나누고 나서 알게 되었다. 촌장과 잠쉬드의 누나가 결혼한 후 아이가 우리 학교로 전학 오게 된 사연을. 사람들은 말했다. 도박꾼에 난봉꾼인 아버지와 새어머니를 피해 남동생도 함께 데려가 살게 해 주지 않으면 결혼하지 않겠다고 잠쉬드의 누나가 혼인에 조건을 걸었고, 그녀의 아버지와 남편이 그 조건을 수용했다고. 그렇게 7살 잠쉬드는 우리 학교 1학년으로 전학 오게 되었던 것이다.

나는 매일 한 시간씩 아이와 이야기하며 시간을 보내기 시작했다. 우리는 아주 친해졌고, 아이의 모습도 점점 바뀌었다. 교실에 들어오면 아이는 내게 미소를 지을 뿐 아니라 반 친구들과도 활기차게 인사를 나눴다.

* * *

어느 날, 아이는 다시 고개를 숙이고 입을 닫았다. 아이를 부르며 왜 늦었는지 물어도 아이는 대꾸도 없이 자리로 곧장 가 버렸다. 나는 지각한 벌로 알파벳 암송을 시켰다. 하지만 아이는 입을 꾹 다문 채 머리를 숙이고 가만히 있을 뿐이었다. 내가 엄중한 목소리로 일어나라고 명령하자 아이는 여전히 바닥에 시선을 고정한 채 천천히 자리에서 일어섰다.

그날 나는 세상 모든 슬픔이 아이의 목구멍에 응축된 것 같은 소리를 들었다. 첫날처럼 아이의 목소리는 알파벳 D에서 희미해졌다. 아이는 다시 암송했지만 역시 'D' 소리만 간신히 들릴 따름이었다. 아이의 손은 떨리고 있었다. 아이가 머리를 들고 내 눈을 응시하는 순간 나는 아이의 목구멍에 걸린 덩어리가 금방이라도 폭발할 것처럼 느꼈다. 침묵을 지키던 아이는 교실 밖으로 뛰쳐나갔다.

마음이 불편했다. 아이를 무시하고 계속 수업을 진행할 수는 없었다. 학생들에게는 급한 일로 잠시 자리를 비워야 하니 내가 돌아올 때까지 복습을 하라고 일러두었다. 나는 잠쉬드를 찾으러 교문으로 갔다. 다행히 운동장에서 아이가 보였다. 아이는 언덕 너머 누나의 집으로 달려가고 있었다.

나는 아이를 따라 촌장의 집으로 갔다. 잠쉬드는 정원 옆에 앉아 있었는데, 조용히 흐느끼다가 한 번씩 집 안을 들여다보았다. 내가 다가가니 아이가 일어나 아무 말 없이 손가락으로 집 안을 가리켰다. 아이는 무슨 영문인지 모르는 나를 천천히 대문으로 이끌었다. 아이는 커튼이 쳐진 방 창문을 다시 가리켰다. 그때 커튼 뒤에서 소리가 났다. 누군가를 구타하는 소리와 연이어 들리는 여자의 울음 섞인 비명. 여자의 머리카락을 움켜쥐고 방 귀퉁이로 끌고 가는 사람의 그림자가 창문에 어른거렸다. 여자의 격한 비명은 돌덩이도 녹여 버릴 것만 같았다. 한동안 침묵이 흐르는가 싶더니 여자의 소리는 사라지고 헐떡이는 남자의 거친 숨소리만 남았다.

여자의 소리가 사그라들자 잠쉬드는 거의 혼이 나갔다. 아이는 내 손을 놓고 정원으로 내달렸다. 잠시 정원을 배회하던 아이는 정원 중앙에 있던 접시 바구니에서 뭔가를 집어 들더니 방으로 들어갔고, 나도 아이를 곧장 뒤따랐다. 방 안에서 나는 바닥에 누워 있는 작은 소녀와 그녀의 목을 조르는 촌장을 보았다.

충격에 얼얼해진 나와 다르게 잠쉬드는 주저하지 않고 촌장을 뒤에서 공격했다. 아이는 격렬하게 촌장의 등에 칼을 꽂고 또 꽂았다. 나는 분노를 쏟아내는 아이를 바라보았다. 아이를 막을 수도 있었지만 그러지 않았다. 촌장은 그보다 더한 일을 당해도 되는 인간이었다. 나는 잠쉬드가 촌장의 등을 찌르는 횟수를 셌다. 하나, 둘…… 열하나. 열두 번째 그를 찔렀을 때 경비가 오는 소리가 들렸다.

잠쉬드는 칼을 던지고 탈출할 방법을 찾으려 했다. 그때 아이와 나는 둘 다 제정신이 아니었다. 나는 아이를 안고 속삭였다. "내가 해결할 테니 넌 몸을 피하거라. 손을 씻고 옷부터 갈아입어." 아이는 두려움에 몸을 떨었고, 눈에는 눈물이 그렁그렁 맺혀 있었다. 나는 다시 또박또박 말했다. "너와 누나는 열심히 공부해서 이 불행에서 벗어나야만 한다." 나는 아이의 머리에 입을 맞춘 뒤 아이를 문으로 밀었다. 아이는 창문으로 뛰어내려 도망쳤다. 나는 바닥에 있던 칼을 들고 촌장의 시체로 다가갔다. 경비가 들어왔을 때 나는 그의 등을 열세 번째 찌르고 있었다.

* * *

재판이 시작되고 판사가 질문한다. 나는 아무렇지 않게 답한다. 판사가 마지막으로 묻는다. "선생, 당신은 이성적인 상황 판단에 아무 문제가 없는 상태에서 더우드 컨Daud Khan을 13회 칼로 찔러 살해한 행위를 인정합니까?"

잠쉬드가 고개를 들고 내 눈을 바라본다. 아이의 눈빛을 확인하고 나는 더욱 결연해진다. 아이에게 웃어 보인 뒤 판사에게 말한다. "네. 저는 이성적인 상황 판단에 아무 문제가 없는 상태에서 더우드 컨을 13회 칼로 찔러 살해한 사실을 인정합니다. 죄를 인정합니다, 판사님."

초조하게 흔들거리던 잠쉬드의 다리가 멈춘다. 아이는 고개를 들고 안도하는 눈으로 나를 바라본다. 나는 아이의 어깨에서 죄의 무게를 덜어 주었다. 이제 아이는 허공에 떠다니는 깃털처럼 가볍다. 판사가 무기 징역을 선고해도 나는 전혀 슬프지 않다.

재판이 끝나고 한 명씩 자리를 떠난다. 누나와 잠쉬드도 떠난다. 나를 스쳐 지나면서 잠쉬드가 미소 짓는다. 아이는 법정에서 걸어나가며 조용히 알파벳을 암송한다. D의 차례가 되자 아이가 내 쪽을 돌아본다. 아이는 멈추지 않고 끝까지 알파벳을 암송한다.

11. 꿈의 절정에서 추락하다

Falling from the Summit of Dreams

파란드Parand

10월 중순이다. 봄여름 폭풍을 이겨낸 열매들이 희미하게 반짝인다. 가을은 축복의 계절이다. 사람들은 선물 같은 수확물을 자루와 상자에 담으며 각자의 몫을 다한다. 자흐러Zahra도 밭에서 일하느라 바쁘다.

정원 뒷문을 여는 순간 부서진 철문 모서리에 그녀의 히잡과 치마가 걸린다. 그녀는 한 손에 찢어진 고무신을 들고 그대로 문을 통과한다. 히잡의 가장자리에 달린 매듭이 왼쪽에서 오른쪽으로 추처럼 흔들린다.

사는 게 참. 그녀가 혼잣말을 중얼거린다. 가난에서 벗어나려고 결혼했는데, 오히려 상황은 더 나빠졌다. 남편의 본처 로샨 굴Roshan Gul과 반대로 그녀의 미래는 암울하기만 하다. '빛 좋은 개살구'라던 사람들의 말이 맞았다.

그녀는 찢어진 고무신을 머리 위로 빙글빙글 돌려 있는 힘껏 던진다. 그녀의 불행이 신발과 함께 공중으로 날아가는 것만 같다. 그녀는 다시 걷기 시작한다. 맨발이지만 마음은 가볍다.

그녀가 중얼거린다. 인내는 쓰고 열매는 단 법. 언젠가 나도 마을의 금세공 장인에게 루비 반지를 사는 날이 오겠지. 로샨 굴의 눈이 질투로 이글거릴 때까지 그걸 낄 거야. 고작 반지 하나로 거만 떠는 그 여자도 친정어머니에게 물려받지 않았으면 그런 반지는 어림도 없었을 거야. 자흐러는 자신의 어머니를 떠올렸다. 다른 여자들처럼 어머니도 그런 반지를 가지고 싶어 했다. 하지만 어머니는 그런 반지를 가져 본 적이 없었고, 그래서 물려줄 반지도 없었다.

한참 혼잣말을 내뱉던 그녀는 조심스럽게 히잡의 매듭을 매만진다. 마치 매듭에 신성한 것이라도 달린 것처럼. 그녀는 누구도 짓밟을 수 없는 행복에 도취한다. 그녀는 승리의 미소를 짓는다. 며칠만 지나 조금만 더 아몬드를 모으면 그녀에게는 반지 살 돈이 생긴다. 그녀는 눈을 감고 손에 느껴질 반지의 무게를 상상한다. 그녀는 밭일 때문에 상처투성이가 된 손에서 빨갛게 빛날 루비 반지를 머릿속에 그려 본다.

겨울 태양의 심장 같은 반지가 그녀의 몸을 덥힌다. 반지의 순수함은 시궁창 같은 현실에서 그녀를 벗어나게 해 준다. 상상의 발코니에 발을 내디딘 그녀는 곧 여왕이 된다. 그녀는 열 명의 재봉사가 손수 만든 초록색 벨벳 드레스를 입는다. 드레스에는 수 없이 많은 주름이 잡혀 있다. 그녀의 부드러운 손가락에는 루비 금반지가 끼워져 있다. 하지만 불현듯 그녀에게 걱정이 엄습한다. 헌 고무신을 그대로 신고 왔으면 어떡하지? 두려움에 그녀의 몸이 떨린다. 멀리서 질투에 불타는 로샨 굴이 허름한 고무신이라도 본다면……. 슬며시 발을 내려다본 그녀는 안도한다. 언젠가 마을에서 가장 돈 많은 여자가 신었던 금색 슬리퍼, 갈망 섞인 슬픔에 한숨짓게 했던 그 슬리퍼가 자신의 발에 신겨 있다. 갑자기 허리에 날카로운 통증이 느껴진다. 너무 오래 서 있었던 것 같다. 다른 여자들이 그녀를 기다릴 동안 좀 쉬어야겠다.

하지만 의붓아들의 조롱 섞인 웃음이 그녀를 씁쓸한 현실로 잡아끈다. 그녀는 아이가 자신에게 던진 돌을 본다.

"정신 나간 여자." 아이가 말한다. "또 혼잣말이나 중얼대며 꿈속을 헤맸나 보지? 얼마나 그러고 있었어? 현실로 돌아와야지." 아이는 냉소를 띠며 그녀를 비웃는다.

그녀는 아이를 보내고 다시 자신만의 꿈으로 돌아가려고 애쓴다. 하지만 악랄한 소년의 목소리는 이미 그녀의 기쁨을 모두 무너뜨렸다. 사미Sami는 과연 그 아비의 자식이었다. 이유 없이 새를 죽이는 아이. 나비와 벌을 실로 꿰어 묶는 아이. 이제 자흐러가 자기 아버지와 결혼했으니 사미에게는 잔인한 놀잇감이 하나 더 늘어난 셈이었다.

자흐러는 다시 걸음을 옮겨 반쯤 허물어진 건물에 다다른다. 그녀는 육중한 나무문을 밀고 안으로 들어간다. 마당에는 아무도 없다. 그녀는 짚단으로 가득한 헛간으로 향한다. 짚단을 뒤지다가 아몬드 자루를 발견하고 나서야 그녀는 안도한다. 그녀는 히잡 귀퉁이에 달린 매듭을 풀어 자루 안에 있던 아몬드를 붓는다. 아몬드의 무게를 감으로 대충 파악한 뒤 그녀는 다시 아몬드를 숨긴다. 그녀는 껍질이 부드러운 아몬드를 모으는데, 오직 남편만 겨우내 아몬드를 먹을 수 있다. 그녀가 혼잣말을 내뱉는다. 거의 다 됐어. 매듭 몇 개만 더 채우면 그 반지를 살 수 있을 거야.

불현듯 누가 그녀를 보고 있는 듯한 느낌이 든다. 그녀는 불안에 휩싸인다. 헛간의 통풍구 사이로 분명 누군가의 시선이 느껴진다. 시선의 주인을 찾으려 해도 아무것도 보이지 않는다. 어쩌면 비밀을 감추고 있는 사람들이 느끼는 흔한 착각에 불과한지도 모른다.

집에 돌아오자마자 자흐러는 로샨 굴과 마주친다. 자흐러는 시선을 피하려고 몸을 돌린다.

"왜 밭에 그렇게 오래 있었어?" 로샨 굴이 묻는다. "새 애인을 만나는 꿈이라도 꿨나 봐? 얼른 저녁부터 차려. 꾸물거리면 남편이 널 죽여 버릴 거야."

그녀는 로샨 굴을 무시하는 법을 이미 터득했다. 스스로 존엄을 지키려 애쓰며 그녀는 방을 나간다.

피난처가 된 부엌에서 그녀는 팬에 기름을 붓는다. 기름을 달구는데 뭔가가 떨어지는 소리가 들린다. 가슴이 철렁 내려앉은 그녀는 불안에 사로잡힌다. 그녀는 아몬드 자루가 바닥에 떨어지는 소리라고 확신한다. 그가 자루를 찾았고, 그녀의 비밀이 발각된 것이다. 그녀는 감히 고개를 들지 못한다. 그녀의 꿈이 바닥으로 곤두박질친다. 그녀는 계속 고개를 숙이고 소리의 정체를 보지 않는 편을 택한다. 뒤따르는 매질과 처벌은 달게 받을 생각이다.

하지만 어떤 목소리도 들리지 않는다. 그녀는 결국 머리를 들어 주위를 둘러본다. 그녀의 곁에는 의붓아들이 모아 온 장작더미만 쌓여 있을 뿐이다. 그녀는 안도한다. 아무것도 아닌 일로 겁에 질리다니. 이렇게 바보 같을 수가…….

그녀는 긴장을 풀고 바쁘게 저녁을 준비한다. 먼저 양파를 썰어 뜨겁게 달군 기름에 던져 넣는다. 씻고 자르고 끓이고 요리하느라 그녀는 여념이 없다. 그런데 갑자기 누가 머리채를 잡고 그녀를 바닥으로 내동댕이친다. 남편이다. 그녀는 비명을 지른다.

"도대체 왜 이래요?" 그녀가 소리친다.

"왜 이러냐구? 왜?"

남편은 비웃음을 흘리며 아들을 불러 아몬드 자루를 가져오게 한다. 그는 자루를 그녀 곁으로 끌고 와서 바닥에 아몬드를 붓는다.

"이걸 어떻게 설명할 건데?" 그는 그녀의 머리를 거칠게 당기고 얼굴을 후려친다. 남편의 손힘이 너무 세서 수백 마리 벌이 윙윙거리는 것처럼 귀가 울린다.

"대답해!" 그가 고함친다.

"귀가 먹었니? 대답하라잖아." 로샨 굴이 웃으며 나타난다.

"대답? 무슨 대답?" 자흐러는 계속 바닥에서 일어나려고 애쓰지만 그럴 때마다 남편이 옆구리를 세게 걷어찬다. 그녀는 결국 포기하고 만다. "반지가 갖고 싶었어요. 금세공 장인이 만든 루비 반지, 로샨 굴의 반지와 같은 반지."

남편과 본처, 의붓아들이 다 함께 큰소리로 깔깔거린다. 남편은 그녀가 질식할 때까지 목을 움켜쥔다.

"반지를 갖고 싶단다. 심지어 금세공 장인이 만든 반지!"

로샨 굴이 더 강하게 목을 조르라고 부추긴다.

"조롱하지 마세요." 자흐러가 숨쉬려고 애쓰며 애원한다. "내 욕망이 잘못된 건 아니잖아요."

자흐러의 숨이 곧 끊길지도 모른다고 생각한 의붓아들이 아버지를 말린다. "조심하세요, 아버지. 까딱하면 죽어 버리겠어요. 세상에 도둑을 벌할 방법은 많은데 아버지가 감옥에 갇히면 안 되잖아요."

폭력의 계승자인 아들과 그의 아비가 서로를 응시하고, 침묵 속에서 그들은 같은 결론에 도달한다. 남편의 손아귀 힘이 점점 풀린다. 그녀는 콜록거리면서도 도망치기 위해 몸을 문 쪽으로 끌어 본다. 하지만 희망은 없다. 로샨 굴과 사미가 그녀를 붙잡아 다시 남편에게 넘기고, 남편은 끓는 기름이 있는 곳으로 자흐러의 손을 잡아당긴다. 남편이 묻는다.

"지금은? 지금 네 욕망에는 어떤 의미가 있지?"

12. 벽에 새겨진 흔적An Imprint on the Wall

마수마 카우사리 Masouma Kawsari

폭발이 일어났을 때 라너Ranna는 콘크리트 벽 뒤에 서 있었다. 폭발은 모든 것을 하늘로 날려 버렸다. 그녀의 몸 절반이 겨우 1미터 떨어진 벽 사이로 떨어졌다. 그 공간이 그녀가 돌아온 곳이었다. 적어도 그녀의 절반이 돌아온 곳. 나머지 절반은 허공에서 돌아오지 못했다. 아니, 어쩌면 돌아왔지만 구급차가 잔해를 모았거나 카불강으로 휩쓸려 갔는지 모른다. 하지만 돌아온 몸의 반쪽은 여전히 벽과 벽 사이에 놓여 있었다.

라너의 얼굴과 눈은 피범벅이 되었다. 그녀의 눈에 한쪽 벽은 거대한 붉은 베일로 덮인 듯 보였다. 피가 흐르다가 마르면서 거대한 베일에는 선들이 생겼다. 그녀의 눈동자는 한곳을 응시했지만 선들은 움직이는 것 같았다. 그 선들은 어떤 형상을 그리고 있었다. 건축사 사무실에서 그녀와 함께 일하는 키 작고 뚱뚱한 매니저의 형상. 이렇게 그녀가 결근한 사실을 알면 그는 당장 그녀의 급여를 차감할 것이다. 동료들은 그를 두고 이렇게 말했다. "매니저는 가방끈이 짧아서 그런지 자격지심이 많아. 괜히 사람들한테 지독하게 굴지. 자기 부인이 사모님이랑 잘 아는 사이여서 새로 오신 사장님이 매니저를 맡긴 거래."

라나는 벽 위에서 움직이는 선들로 사장의 얼굴을 그려 보았다. 터번을 쓰지 않고 면도한 얼굴. 하지만 바짝 깎은 수염에 긴 수염을 이어 붙이고 터번까지 머리에 씌우면 그 형상은 그녀의 아버지처럼 보일 것이다. 그녀는 몇 년 전 아버지의 사진을 본 적이 있다. 사진 속 아버지는 전통 바지의 단을 접어 올리고 터번을 두른 채 깔끔하게 턱수염을 깎은 다른 남자들과 칼라슈니코프 기관총에 기대거나 미사일을 어깨에 걸치고 있었다. 그들은 바위와 나무 틈에서 활짝 웃고 있었다.

사진을 보여 주며 어머니가 말했다. "네가 네 살일 때 혁명이 일어났지. 네 아버지는 이란으로 우리를 밀입국시킨 다음 성전을 치르기 위해 아프가니스탄으로 돌아가셨다." 아버지는 아프가니스탄으로 귀국한 첫해에 사진 몇 장을 보냈다. 하지만 이후 아버지에 관한 소식은 대부분 풍문으로 간간이 들릴 뿐이었다. 누구는 아버지가 무자헤딘Mujahideen[22]이 되었다고 했고, 또 누구는 아버지가 다른 여자와 결혼해 아이를 낳았다고 했다. 다시 몇 년이 흐

22 이슬람 교리에 따라 성전(지하드)에 참전하는 게릴라 의용군.

르고 나니 아버지의 소식을 가져오는 사람은 아무도 없었다. 이제 그녀는 알츠하이머병으로 고생하는 어머니 생각에 걱정이 앞선다. 앞으로 어머니는 어떻게 될까.

불현듯 벽에서 들리는 이런저런 목소리 때문에 그녀는 부모님 생각을 멈췄다. 매니저 밑에서 일했던 직원들이 동료 아미르Amir를 그녀에게 소개해 주었다. 직원들 모두 매니저보다는 날씬하고 키가 컸지만, 아미르는 그들보다 훨씬 호리호리했다. 벽 위의 선들도 목소리를 따라 움직였다. 동료들이 말했다. "매니저도 처음 왔을 땐 키가 크고 말랐는데, 몇 년이 지나니까 살이 찌더라구. 차를 사고, 결혼 생활이 길어지고, 부모님을 성지순례 보내 드리고, 형제 둘을 외국으로 보내고 나니까." 그 순간 뚱뚱한 단신의 실루엣이 벽에 드리워졌다.

다른 목소리도 벽 사이로 메아리쳤다. 사흘 동안 결근한 탁비르Takbeer의 목소리였다. 매니저는 결근한 그의 급여를 이미 삭감해 버렸다. 그들을 침묵시킨 폭발음과 아버지의 목소리도 마구 뒤섞여 귓가에 맴돌았다. "부인이 아들을 못 낳으니 결혼을 또 할 수밖에. 딸에게 유산을 물려줄 수는 없는 노릇이니까." 구급차 소리도 뒤따랐다. 구급차는 폭발 현장을 씻어 내기 위해 왔다. 물이 모든 것을 씻어 내렸다. 그녀의 몸 반쪽, 그녀의 지갑, 어머니의 기억, 아버지의 사진들.

라너는 여전히 동공이 확장된 상태로 눈을 부릅뜨고 있었다. 두 팔은 미동도 없이 무감각하게 옆으로 축 늘어졌다. 두 벽 사이에 튄 피가 응고되며 마르자 파리 떼가 들끓었다. 파리 알은 곧 유충으로 변했고, 흰 유충이 주위를 기어다니는 동안 노린 개미 떼가 줄지어 몰려다니며 분주하게 먹잇감을 자르고 모았다. 부패가 시작된 것이다.

벽에 나란히 생긴 두 줄의 피는 시간이 흐르고 마르면서 직각으로 교차하는 형태로 변했다. 그날 길에서 그녀는 모두에게 작별을 고했다.

라너는 오래전에 자신의 길을 택했다. 이미 이란에서부터 칸코르Kankor 시험[23] 점수가 좋지 않은 사람을 이방인처럼 취급하는 일은 하지 않을 생각이었다. 아버지는 한참 전에 신념 때문에 공산주의자들에게 붙잡히고 말았고, 그녀는 당시 마쉬하드Mashhad[24]에서 다른 가족과 함께 지내고 있었다.

어느 날, 검은 차도르 안에서 땀을 쏟던 그녀에게 친구가 말했다. 지긋지긋한 그곳을 그만 떠나고 싶다고. 라너도 맞장구쳤다. “나도 떠나고 싶어. 아버지와 내 뿌리, 내 정체성을 찾고 싶거든.”

정체성을 찾기 위해 친구는 독일로 갈 거라고 했다. “차도르, 히잡, 이 모든 게 지긋지긋해. 인생을 새로 시작하고 싶어.” 친구의 입가에 냉소가 떠올랐다.

“난 카불에 갈래. 아버지가 살아 계셔. 아버지는 더이상 탈레

23 아프가니스탄의 대학 입학시험.

24 테헤란에 이어 이란에서 두 번째로 큰 도시.

반이 아니야. 국회에 계시니까. 국민을 대표하는 사람이거든. 아버지만 찾으면 다 괜찮아질 거야. 내 외로움과 상처도 치유되겠지."

시간이 흐른 뒤 라너는 마침내 아버지를 찾았다. 건축학을 공부하기 1년 전, 스물한 살 되던 해에 그녀는 아프가니스탄으로 돌아갔다. 아버지의 외모는 달라져 있었다. 면도해도 가려지지 않을 만큼 흰 수염이 많았다. 아버지는 흰 셔츠와 정장을 입고 넥타이를 맸는데, 그런 모습의 아버지를 본 적이 있는지 의심스러울 정도로 낯설었다. 그녀가 물었다. "'라너'라는 딸이 있습니까?" 하지만 겉모습만 바뀌었을 뿐 그의 신념은 변하지 않았다. 아버지는 그녀의 질문에 침묵으로 일관했다. 과거에 그가 내뱉은 말만 그녀의 뇌리를 맴돌았다. "딸에게 유산을 물려줄 수는 없는 노릇이니까."

아버지와 헤어진 뒤 그녀는 17년 전에 살았던 상처락Sangcharak 마을로 갔다. 하지만 그곳은 폐허가 되어 있었다. 이름 없는 무덤들만 제자리를 지킬 뿐 집과 거리, 정원 모두 돌과 먼지로 변해버렸다.

마쉬하드에서 처음 히잡을 쓰던 몇 년 동안 그녀가 주로 오가던 30미터 남짓한 거리는 백 미터처럼 길게 느껴졌다. 이른 아침 요구르트 그릇을 두 손으로 들고 혼잡한 거리를 가로지를 때 그녀는 이로 히잡을 꽉 물었다. 그녀는 늘 불안했다. 그녀는 열일곱 살에 이미 불안이 자신을 떠나지 않으리라는 사실을 알았다.

당시에도 어머니와 함께 사는 가로 3미터 세로 4미터 크기의 지하 방 안에는 벽이 있었다. 그녀는 어린 시절 내내 그 벽에 새겨진 흔적들을 보았다. 카펫 짜는 어머니를 방해하지 않으려고 일찍 잠자리에 들 때마다 카펫 위로 몸을 구부린 어머니의 그림자가 늘 그 벽에 드리웠다. 어머니는 하루 종일 카펫을 짜서 그것을 파는 이웃 여자에게 주었다. 세상 모든 털실이 우리집으로 모인 것만 같았다. 알츠하이머병으로 손이 멈출 때까지 어머니는 카펫 짜는 일을 멈추지 않았다.

고독과 슬픔의 17년 인생이 그 벽 위에 새겨졌다. 라너는 그 벽에서 상처락에 있던 옛집도 보았다. 희고 두꺼운 커튼이 드리운 그곳은 따뜻해 보였다. 그 집에서 그녀는 아버지도 보았는데, 아버지는 딸에게 원피스를 사 주던 마쉬하드의 이웃과 닮아 있었다.

라너는 이웃집 딸과 빵을 사러 간 적이 있었다. "아저씨네 가게에서 말린 과일을 훔치자." 어린 라너가 말했다. "가게 안쪽에 있는 아저씨는 우리를 못 봐."

"우리 엄마가 그건 죄라고 했어." 이웃집 딸이 말했다. "위대한 신은 도둑을 좋아하시지 않아. 신은 전능하시지. 신은 늘 우리를 보실 수 있고, 원하는 것은 뭐든지 하실 수 있어."

"우리 아버지 같네." 라너가 대꾸했다. "아버지는 성전을 치르고 계시는데, 아버지도 원하는 건 뭐든지 하실 수 있어. 나도 아버지처럼 되고 싶구."

그때까지 그녀가 벽에서 본 가장 큰 형상은 아버지였다. 그는 키가 크고 손도 컸다. 그리고 아버지는 다른 누구보다 크고 강했다. 아버지는 신처럼 아무도 두려워하지 않았고, 원하는 것이라면 뭐든지 할 수 있었다.

라너가 청소년이 되면서 벽에 떠올랐던 가장 큰 형상은 작게 쪼개지기 시작했다. 대신 어머니의 형상이 훨씬 더 커졌다. 어머니가 아버지보다 강해진 것이다. 어머니도 신처럼 많은 것을 보았지만 어머니는 말로 표현하는 법이 없었다. 침묵 속에서 어머니는 털실 뭉치를 카펫으로 변모시킬 따름이었다. 어쩌면 신은 어머니와 같은지도 몰랐다. 어머니는 목청을 높이는 법이 없었다. 싸울 때도, 심지어 라너가 가게에서 말린 과일을 훔쳤을 때도.

오늘 신은 침묵했다. 라너가 피범벅이 되어 벽 사이에 누워 어머니를 생각할 때도, 폭발이 일어나 모두가 공중으로 내쳐졌을 때도.

라너는 울고 싶었다. 아침부터 지금까지 그녀는 울고 싶었지만 눈물은 금세 말라 버렸다. 심지어 나중에는 눈물이 아예 막혀버린 듯했다. 그녀의 눈에는 더이상 눈물 흘릴 힘조차 남아 있지 않았다. 그녀의 머릿속이 서서히 비어 가면서 목소리들도 점점 사그라들었다. 구급차의 사이렌과 거리를 씻어 내는 소음만 귓가를 스칠 뿐이었다.

그녀는 모른다. 모든 것이 묻혔는지, 여전히 공중에 있는지,

아니면 물에 씻겨 카불강으로 흘렀는지, 마흐무드 컨Mahmood Khan 다리를 지나 마크로얀으로, 파키스탄으로 흘러갔는지.

그녀의 몸 반쪽은 사라졌지만 반쯤 타다 만 지갑은 물속에 있었다. 한쪽 귀퉁이만 보이는 신분증이 물 위를 떠다녔다. 명함도 가방 밖으로 나와 있었다. '모한디스muhandis[25]' 가운데 모muh와 디di 몇 글자만 씻기지 않고 명함에 남아 있었다. 모든 것이 거기에서 여전히 물 위를 떠다녔다.

25 엔지니어.

III

13. 겨울 까마귀The Black Crow of Winter

마리에 버미여니Marie Bamyani

일기 예보와 다르게 영하 18도가 아니다. 기온은 영하 1도와 영하 5도 사이에 머물러 있다. 누군가는 만족한다. 작년이 훨씬 춥고 끔찍했다고 모두가 입을 모은다. 작년에 사람들은 물이 나오게 하려고 벽을 지나는 수도관까지 부쉈다.

그녀에게 기온은 아무래도 상관없다. 사실 그녀는 숫자의 차이를 잘 모른다. 기온이 어떻든 그녀는 옆집 여인에게 받은 헌옷으로 몸을 감쌀 수밖에 없다. 거친 겨울의 손아귀에 짓눌린 뼈가 욱신거려 잠든 사이에 울부짖지 않도록.

여느 때처럼 그녀는 핸드폰을 본다. 화면이 흐릿해진다. 4시, 집에 갈 시간이다. 그녀는 주변을 둘러보고 먼지투성이 회색 치마에 손을 닦은 뒤 시크무레한 땀내를 풍기는 천을 옷깃에서 뺀다. 그리고 주머니를 바닥까지 뒤져 흰 실로 솔기를 꿰맨 초록색 세모꼴 천을 꺼낸다. 가장자리에 캘리그래피가 그려진 작고 붉은 책이 그 안에 담겨 있다. 그녀는 책에 입을 맞추고 옆에 놓은 다음 노란색 5아프가니 지폐를 꺼낸다.

지폐를 물끄러미 바라보는 동안 그녀의 얼굴 주름이 더 깊어진다. 남자의 목소리가 그녀를 현실로 이끈다.

"자르고나Zarghoona 아주머니, 왜 그런 딱한 표정을 짓고 있어요? 집에도 안 가고."

가슴에 두른 숄을 당기며 그녀가 말한다.

"막 가려던 참이었어요. 4시니까."

그녀는 매니저 앞에서 이마의 주름을 펴려고 애쓴다.

고급 옷을 입은 젊은 매니저는 창고 주변을 슬쩍 둘러보고 문을 닫은 뒤 그녀의 말이 끝나기도 전에 따뜻한 사무실로 돌아간다. 그녀의 마음속에서 상반된 감정이 교차한다. 그녀가 매니저를 다시 불러 보지만, 이미 늦었다.

그녀는 쓰레기통에서 주운 종이 상자와 플라스틱병을 자루 안에 구겨 넣어 구석에 둔다. 빛바래 꽃무늬가 희미해진 히잡을 두른 그녀는 몸에 남은 에너지를 짜내 자루로 손을 뻗는다. 그녀는 눈에 띄지 않게 나가려고 잠시 창고에서 기다린다.

아직 문을 통과하기도 전에 시네마예 파미르Cinema-e-Pamir[26]에서 갈레예 자먼 컨Qala-e-Zaman Khan에 이르는 붐비고 더러운 길을 걸

26 카불 시내에 위치한 유명한 극장.

어갈 생각에 걱정이 앞선다. 온갖 행상인과 행인이 그녀를 향해 욕설을 퍼부을 것이다. 그 때문인지 자루가 몇 배는 더 무겁게 느껴진다. 그녀는 매니저에게 10아프가니를 빌리지 못한 스스로를 원망한다. 하지만 마음 깊은 곳에서 그녀는 미처 말을 꺼내기도 전에 그가 자리를 떠난 게 차라리 다행이라고 생각한다.

그녀는 승합차의 청소부가 무료로 자신을 태워 주지 않을까, 내심 요행을 기대한다. 하지만 곧 요금을 못 내서 욕을 듣거나 내쫓겼던 그간의 일들이 머릿속에 스친다. 갖가지 상념이 밀려들며 그녀는 다시 희망을 잃고 만다.

추위 때문에 도시는 꽁꽁 얼었다. 노동자들은 다리야예 카불Darya-ye Kabul 강변에서 드럼통에 불을 피워 치솟는 화염과 연기에 거친 손을 녹인다. 짙은 연기에 시네머예 파미르 건물의 윤곽조차 보기 힘들다. 행상인과 가게 주인들은 흥정하느라 바빠 추위를 모르는 체하고, 행인들도 잠시 살을 에는 추위를 잊는다.

그녀는 날짜를 세다가 월말까지 열흘밖에 남지 않았음을 깨닫는다. 하지만 월말이 되어도 그녀는 별다른 묘안을 얻지 못할 것이다. 여섯 식구를 먹일 식재료를 살 수 없는 것은 물론이고, 이제 10아프가니로 인상된 자신의 교통비조차 마련할 수 없다. 게다가 어린 네 딸은 모두 학교에 다닌다.

열 살배기 아들 리어가트Liaqat는 매일 저녁 앞 못 보는 아버지와 문 앞에 앉아 초조하게 엄마를 기다린다. 그 애는 이웃집 아이가 매일 핥아 먹는 막대 사탕을 언젠가 엄마가 사 주지는 않을까 기대하는 눈치다. 이웃집 소년은 몇 번 순수한 마음으로 리여가트에게도 사탕을 나눠 주곤 했다.

시계 바늘이 그녀의 걸음보다 빠르게 움직인다. 마치 시간이 그녀의 고난과 불만, 그리고 그녀에게서 나는 고약한 땀냄새에 질려 버린 것 같다. 시간은 그녀가 길가에 잠시 앉아서 취하는 휴식에, 심지어 버스 차장들이 그녀를 향해 내뱉는 모욕에도 질려 버린 듯하다.

오후 5시 45분이다. 그녀는 데흐부리Dehburi[27]에 도착해 자루를 내려놓는다. 그녀는 가로등에 몸을 기대어 몇 분 동안 차분하게 숨을 내쉰다. 그녀는 화분에 담긴 꽃과 도로 중앙에 심어진 풀이 부럽다. 소음 한가운데에서도 화초는 고요하고 평화롭기만 하다. 그녀의 눈동자가 바람처럼 스치는 수많은 자동차 바퀴를 따라 움직인다. 불현듯 아침에 이웃의 오븐에서 풍기던 갓구운 빵 냄새와 부인에게 욕설을 퍼붓던 이웃집 남편의 포악한 목소리가 떠오른다. 때때로 그녀는 손을 흔들어 지나가는 차를 세워 보려고 애쓴다. 친절한 운전사가 자신을 차에 태워 주고 짐도 실어 주지 않을까 기대하면서. 지독한 피로가 그녀의 평온을 앗아가 버렸다. 그녀는 제대로 서 있을 수도 없다. 두 다리는 집까지 걸으려 하지 않는다. 그녀는 내심 폭탄이라도 터져 자신의 몸을 산산조각 내면 좋겠다고 생각한다. 괴로운 삶에서 영원히 해방될 수 있

27 카불 시내에 있는 큰 사거리.

게. 하지만 그녀는 곧 남편과 아이들을 떠올리며 자신을 책망한다. 그녀가 나지막이 중얼거린다. "신이여, 당신은 위대하십니다."

먼 변방으로 해가 지고, 굴뚝에서 춤추는 잿빛 연기 속에 세상은 홀로 남겨졌다. 당장 1미터 앞에 있는 목소리의 주인도 보이지 않을 정도다. 하지만 그녀의 시선은 지나가는 자동차로부터 떠날 줄 모르고, 그녀는 계속 차를 세우려고 애쓴다. 그녀가 외친다. "제발 한 번만 멈춰 주세요. 자비를 베풀어 저 좀 태워 주세요!"

그녀는 그런 자신의 소망이 얼마나 비현실적인지 누구보다 잘 안다. 5미터 앞에서부터 빛을 비추며 귀여운 소녀들을 태우러 가는 고급 차들이 그녀를 위해 멈출 리 없다. 딱 한 번, 어쩌다 차를 얻어 탔을 때 그녀는 부드러운 초콜릿색 시트에 황홀해진 나머지 운전사가 무슨 말을 하는지 알아들을 수도 없었다. 그녀는 냄새나는 더러운 옷으로 시트를 더럽히지 않기 위해 뒤로 기대지도 않고 똑바로 앉아 있었다. 은은한 향수 냄새와 따스한 공기, 음악 소리가 그녀를 잠깐 꿈속으로 이끌었지만, 운전사가 급한 일을 핑계 대고 그녀를 차 밖으로 내모는 바람에 그 꿈은 금세 사라지고 말았다.

황홀했던 꿈을 떠올리니 그녀의 입가에 미소가 절로 떠오른다. 그녀는 도시의 거리를 가득 메운 운전사들을 다시 부르기 시작한다.

"저를 좀 태워 주세요. 자비를 베풀어 주세요!"

다행히 그녀의 목소리에 차장이 반응한다. 열여덟 혹은 열아

흡 살쯤 된 차장은 먼지와 승객들의 소음을 차단하려고 머리에 네모난 숄을 두르고 있다. 그가 길에 침을 퉤 뱉고 기사에게 거친 목소리로 외친다.

"기사님! 승객이 있으니 멈춰 주세요. 아주머니, 달려요! 어서!"

예닐곱 소녀처럼 그녀는 들뜬다. 그녀는 훨씬 가볍게 느껴지는 자루를 쥐고 벌떡 일어나 차를 향해 달린다. 차장에게 고마움을 표하려고 그녀는 가지런한 앞니가 드러나게 활짝 웃는다.

먼지투성이가 된 채 머리가 마구 헝클어진 승객들이 절망적인 표정으로 승합차를 가득 메우고 있다. 하지만 만석인 좌석도, 피로에 지친 승객들의 얼굴도 그녀에겐 문제가 되지 않는다. 그녀는 자루를 내려놓고 그 위에 앉는다.

그녀가 지폐를 꺼내 차장에게 건넨다. "5아프가니만 받아 주세요. 10아프가니는 없어요."

차장이 그녀를 향해 미소 짓는다. "괜찮아요, 아주머니. 돈은 그냥 넣어 두세요."

그녀는 잃어버리지 않도록 지폐를 다시 넣은 뒤 창에 머리를 기대고 눈을 감는다. 그녀는 기대에 부푼다. 어쩌면 오늘은 아들에게 설탕 발린 알록달록한 막대 사탕을 사 줄 수 있을지 모른다.

14. 은반지Silver Ring

프리쉬타 가니Freshta Ghani

나와 자르고나Zarghoona, 자르고나의 여동생 스포즈마이Spozhmai는 여느 때처럼 사방치기를 하고 있었다. 규칙은 간단했다. 땅에 놀이판을 그려 놓고, 사각형에서 다른 사각형으로 선을 건드리지 않고 작은 돌멩이를 차면 되었다. 다른 사각형으로 뛰려고 했던 자르고나가 탈락하면서 자매는 이제 내 차례가 되었다고 알려 주었다.

나는 문득 진흙 묻은 발이 부끄러워졌다. 나는 한쪽 발을 다른 발 뒤에 숨기고 그대로 서 있었다. 우리집 건너편에 사는 자매의 발은 건강하고 부드러웠다. 그리고 무엇보다 그녀들은 새 샌들을 신고 있었다. 나는 엄마가 손으로 꿰매 준 고무 샌들을 신었는데, 갈라지고 더러운 발이 샌들보다 더 부끄러웠다. 내 발은 전혀 예뻐 보이지 않았다.

나는 뒤돌아서 안마당을 가로질러 달렸다. 임시 부엌으로 사용하던 먼지 낀 방의 진흙 벽을 지나 마당 끝에 있는 화장실로 들어갔다. 바닥은 반만 콘크리트로 포장되어 있고 나머지는 진흙이었다. 이미 비누를 다 써 버렸지만 새 비누를 살 돈이 없었다. 나는 추위에 쩍쩍 갈라져 진흙투성이가 된 발을 내려다보았다. 수세미로 세게 문질러도 발은 깨끗해지지 않았다. 나는 더이상 밖에 나가고 싶지 않았다.

화장실 밖으로 나오니 부르카를 입은 엄마가 안마당에 있었다.

"어디 가요?" 내가 묻자마자 엄마가 나를 쏘아보았다.

"어디 가시냐구요?"

"물건 사러. 뭔 말이 그렇게 많니?"

"우리 비누가 다 떨어졌어요. 비누 좀 사 주면 안 돼요?"

"너 먹여 살리는 것도 힘들어 죽겠는데, 비누까지 신경 써야 해?"

나는 고개를 숙인 채 입을 닫았다. 엄마는 손가락에 끼고 있던 은반지를 돌리고 있었다. 이중으로 된 고리에 파란 원석이 박힌 반지였다. 나는 그 반지를 별로 좋아하지 않았다. 아빠가 오랜 군 생활을 마치고 돌아오며 엄마를 위해 가져온 반지였는데, 아빠가 없을 때 엄마가 반지에 말을 걸곤 했다. 엄마는 심지어 반지에 대고 울거나 노래를 부르기도 했다.

언젠가 엄마가 이모에게 하는 말을 들었다. "죽어도 이 소중한 반지를 손가락에서 빼는 일은 없을 거야. 심판의 날에도 껴야지. 첫 결혼 선물이니까."

나는 문간에 기대어 외출하는 엄마를 보았다. 엄마는 말 한마디 하지 않았다. 내심 내가 자르고나의 여동생이길 바랐다. 새 샌들을 신고 비누로 마음껏 손발도 씻을 수 있게.

시계를 보았다. 엄마가 떠난 뒤로 시계 바늘은 미동도 하지 않은 것 같았다. 두 여동생과 남동생은 배가 고프다며 울고 있었다. 나도 몹시 배가 고팠다. 아침부터 아무것도 먹지 못했다. 손발이 떨리고 방이 빙글빙글 도는 듯했다. 언니 서미너Samina는 턱을 괴고 창가에 앉아 있었다. 언니의 근심이 더 크다는 사실을 나는 알았다. 매트리스에 누워 눈을 감아도 허기 때문에 쉬이 잠들 수 없었다.

다시 시계를 보니 오후 3시 15분이었다. 엄마는 오전 10시도 되기 전에 집을 나섰다. 엄마가 어디에 갔는지 문득 궁금해졌다. 잠시 잠들었나 보다. 빵 굽는 여자들로 가득한 방에 앉아 있는 꿈을 꿨다. 손을 뻗어 빵을 한 조각 집었는데 그만 손이 미끄러지는 바람에 빵을 깊은 구멍 속으로 빠뜨리고 말았다. 구멍으로 뛰어들었지만 빵은 이미 사라진 후였다.

날카로운 노크 소리에 잠에서 깼다. 두 발로 폴짝 뛰어올라 문을 열었다. 자르고나가 큰 인형을 들고 있었다. "두니어Dunya, 놀자. 아빠가 이 인형을 줬어." 자르고나의 인형은 밝은 금발에 얼굴이 동그랬다. 아빠가 선물을 사 주던 때가 문득 떠올랐다. 그리고 아빠가 다시는 선물을 주지 않으리라는 사실을 깨달았던 날도.

진흙 묻은 검은 옷을 입은 라힘Rahim 삼촌이 안마당 문을 열고 들어왔던 그날 오후가 기억났다. 삼촌은 군복을 입은 남자 네 명과 함께 나타났다. 엄마는 자신을 급히 찾는 삼촌에게 대꾸하지 않았다. 삼촌의 소리를 듣지 못한 것 같았다. 삼촌이 앞문을 열어젖히는 순간 군인들이 들고 있던 긴 나무 상자가 보였다. 삼촌이 다시 엄마를 부르고 나서야 엄마가 밖으로 나왔다.

"형수님." 삼촌이 말했다. "신이 인내할 힘을 주시길. 형님이 순교했습니다!"

상자 안에 담긴 아빠의 시신을 보고 엄마는 그대로 바닥에 주저앉았다. 나는 상자로 달려가 아빠를 흔들어 깨우다가 비명을 질렀고, 이웃들이 와서 나를 끌고 갔다.

"두니여, 빨리 놀자." 자르고나가 내 어깨를 쿡 찔렀다.

"안 돼." 눈을 비비며 내가 말했다. "오늘 말고 내일 놀자."

"왜? 그러지 말고 놀자. 너희 엄마한테 물어볼 거야."

나는 고개를 저으며 애써 웃었다. "열이 좀 나. 누워야겠어. 내일 놀자니까."

나는 문가에서 자르고나가 떠나는 모습을 바라보았다. 거리는 뛰노는 아이들의 소리로 가득했다. "치즈 있어요, 신선한 치즈." 그 사이로 남자 목소리가 들렸다. 아이스크림 수레에서는 음악도 흘러나왔다. 나는 정말 아이스크림이 먹고 싶었다. 자르고나와 스포즈마이가 아이스크림을 사러 달음질치는 모습을 상상했다. 안마당 문에 난 작은 구멍으로 빼꼼히 내다보았지만 그런 광경을 볼 수는 없었다.

저녁 기도 시간이 지나고, 천천히 집 안을 가로지르던 햇빛도 사라졌다. 여동생 사브리나Sabrina와 남동생 지여라트굴Zyarat Gul은 이미 잠들었다. 나는 바닥에 몸을 펴고 누워 서까래를 세기 시작했다. 아빠가 돌아가신 후 우리는 오래된 흙집으로 이사했다. 방 두 개짜리 집이었는데, 방 하나는 먼지가 많고 천장도 망가져 있었다. 나머지 방의 사정이 조금 나아서 우리는 거기에 머물렀다. 비가 와서 습기가 차고 곰팡이가 슬면 천장에서 작은 벌레들이 우수수 떨어졌다. 열다섯까지 서까래를 셌다. 다시 세고 반대 방향으로도 셌다. 나는 어떻게든 시간을 보내려고 계속 서까래 세기만 반복했다.

안마당 문을 누가 두드렸다. 사브리나가 급히 뛰어가려다가 그만 마당에서 넘어지고 말았다. 사브리나는 무릎에 피를 흘리면서 문을 열었다. 그 아이는 예민해서 사소한 일에도 눈물을 터뜨리곤 했는데 그날은 아니었다. 배고픔이 그녀를 강하게 단련시킨 듯했다.

요리해 먹을 쌀 1킬로그램이 우리가 엄마에게 바라는 전부였다. 집에는 감자조차 없었다. 전날 남은 감자 네 알도 이미 삶아 먹었고, 밀가루 통은 텅 빈 지 오래였다. 쥐의 해였고 가난의 계절이었다.

이전에 엄마의 삶은 그나마 나았다. 엄마는 다른 사람들의 옷을 빨고 조금씩 삯을 받아 우리를 먹여 살렸다. 하지만 일주일 내내 움직일 수 없을 정도로 허리 통증이 심해진 뒤로 엄마는 일을 할 수 없었다. 우리는 그때부터 신에게 기도하기 시작했다.

사브리나가 문을 여는 순간 우리는 엄마를 맞이하려고 일어나 앉았다. 하지만 사브리나는 서미나에게 집주인이 왔다고 알렸다. 서미나는 내일 월세를 준다고 말하도록 나에게 시켰다.

나는 밖으로 나가 집주인에게 말했다. "지금은 엄마가 집에 없는데, 돌아오면 월세를 낼 거예요."

"다섯 달째 월세가 밀렸어." 주인이 소리쳤다. 그의 입은 가래와 풋담배로 가득했고, 그 때문인지 긴 수염도 더러웠다. "다음 주에 다시 올 때도 월세를 안 내면 너희들 물건을 죄다 길가에 내던질 줄 알아."

근처 가게 주인과 이웃들이 밖으로 나왔다. 그들의 시선이 우리를 향했다. 설상가상으로 거리에서 놀던 아이들도 비아냥거렸다. "자버르Jabbar 아저씨, 저 사람들 지금 아저씨를 속이고 있어요. 월세 안 내려고."

집주인이 더 크게 고함쳤다. "맹세컨대 다음에 올 때 또 월세를 안 내면 너희들 모두 쫓아 버릴 줄 알아!"

나는 고개를 떨구고 발만 바라보았다. 얼굴이 화끈거렸다. 그때 그 자리에서 나는 다짐했다. 커서 일자리를 구하고 돈을 많이 벌어서 주인의 얼굴에 월세를 던져 주리라고. 나는 문을 닫고 돌아섰다.

마당을 반쯤 가로지르는데 누가 또 대문을 두드렸다. 이번에는 키가 큰 마흔 살 여자가 서 있었다. 몹시 지쳐 보이는 여자는 색 바랜 먼지투성이 샌들을 신고 있었다. 여자가 손에 든 비닐봉지에 흰쌀이 얼핏 비쳤다. 눈물 마를 날이 없는 여자, 사랑하는 내 엄마였다.

서미너는 서둘러 엄마에게서 봉지를 받아 들고 밥을 지으러 갔다. 나는 엄마를 따라 방에 들어갔다. 파란 부르카를 벗는 엄마의 손을 물끄러미 바라보는 사이 지여라트굴이 들어왔다. 엄마는 어깨 위로 동생을 번쩍 들어올려 까끌거리는 짧은 머리를 쓰다듬어 주었다. 부엌문 사이로 밥 짓느라 바쁜 사브리너와 서미너가 보였다. 나는 방 바깥에 앉아 밥이 다 되기만을 기다렸다.

늦은 저녁이 되어서야 밥이 준비되었다. 굶주린 배를 채운 어린 동생들은 곤히 잠들었다. 침대에 누워 뒤척거리는데, 서미너의 온화한 목소리가 들렸다.

"그 쌀은 꿔 온 거예요, 엄마?" 서미너의 목소리에서 근심이 느껴졌다.

"아니. 그동안 밀린 걸 갚지 않으면 쌀도 꿔 주지 않겠다고 하더구나."

"그럼 쌀은 어떻게 구했어요?"

엄마는 한동안 아무 말도 하지 않다가 목소리를 낮춰 속삭였다.

“비밀인데, 은반지를 팔았다.”

“하지만 그건……”

“쉿. 아무도 알면 안 돼.”

“누가 그 반지를 샀어요? 박혀 있던 원석도 진짜는 아니잖아요.”

“그래서 겨우 60아프가니밖에 못 받았어. 그 돈으로 쌀 2킬로그램을 샀지.”

서미너가 훌쩍거리기 시작했다. 나도 흐르는 눈물을 참을 수 없었다. 어떻게 알았는지 엄마가 내 등을 가만히 다독여 주었다.

“자야지, 두니여. 동생들 깰라.”

15. 샌들Sandals

말리하 너지 Maliha Naji

빨간 히잡에 난 구멍 사이로 머리카락이 삐져나왔다. 그녀는 남편에게 다가가 검게 물든 손가락으로 쥐고 있던 컵을 건넸다. 그녀가 말했다. "굴 아흐마드Gul Ahmad! 빅스 크림 한 통만 가져다줘요. 척추 그림이 그려져 있는 걸로. 허리 통증이 너무 심해서 화덕에 빵도 못 넣겠어요. 허리가 부러질 것 같아."

굴 아흐마드는 무릎을 꿇고 앉아 컵을 입술에 댔다. 검은 콧수염이 컵 가장자리에 닿는 순간 그가 말했다. "윽, 너무 쓴데. 독약 같잖소. 구르gur[28]가 남아 있으면 줘요."

자르미나Zarmina는 건조한 발뒤꿈치로 거친 융단을 긁듯이 스치며 걸었다. 그녀가 성마른 목소리로 소리쳤다. "걷지도 못하는

28 대추야자 수액으로 만든 비정제 설탕.

이 발이 차라리 없어졌으면 좋겠어요. 갈라진 발뒤꿈치는 지옥에나 처넣어야 한다구."

굴 아흐마드는 웃음을 터뜨렸다. "당신 몸에 성한 곳이 있긴 해요?"

자르미나는 입을 비쭉거리며 고개를 돌렸다. 그녀는 품 안에서 열쇠 뭉치를 꺼내 상자를 열었다. 그녀는 상자 안에 있는 자루에 손을 넣은 뒤 남편을 향해 들어 보였다. "이 정도면 돼요?"

굴 아흐마드가 그녀를 보고 대꾸했다. "응. 이 차를 마실 정도는 되겠군."

"구르가 거의 다 떨어졌어요. 아주버님이 왔을 때 할와halwa[29]에 넣어서 써 버렸거든요. 손님이라도 오면 창피할 텐데, 동서들은 아무것도 안 빌려줄 거예요. 망할 놈의 가난 같으니라구."

"부인, 인내심을 가집시다. 신이 조석으로 끼니를 때울 음식은 충분히 주시고 있지 않소. 지금까지 남들에게 손 벌린 적도 없고. 신이 자비를 베푸셔서 지금 같은 고난이 지나가기를 그저 바랄 수밖에. 그래도 아들들에게 신발은 사 줄 수 있잖소."

"세상에, 라쉬타Lashta의 샌들이 다 해진 거 모르죠? 이렇게 날씨가 추운데 온종일 뛰어다니는지 발가락이 벌게져서 와요. 그 애한테도 고무신 한 켤레 사 줘요. 너무 큰 사이즈는 끌고 다녀서 안 되구." 그녀는 남편에게 손바닥을 펴서 보여 주었다. "이 정도

29 푸딩 같은 달콤한 간식.

크기면 될 거예요."

남편은 망설이는 눈치였다. "주머니 사정 좀 확인해 보구요. 이번 일을 얻으면 돈이 좀 들어올 거예요. 늦지 않게 차 반 잔만 더 줘요."

굴 아흐마드는 카불에 있는 회사에서 일했다. 상점에 종이 냅킨과 생수를 납품하는 업체였다. 가끔 성과가 좋을 때를 제외하면 그는 큰돈을 벌지 못했다. 나가는 길에 그가 아들들을 불렀다. "구르장Ghorzang, 나시르Naseer! 이리 와 봐라!"

구르장과 나시르는 마당에서 사촌들과 놀고 있다가 흙먼지 묻은 발로 달려왔다.

"이리 와 봐라. 너희 발 크기 좀 재 보게."

"아버지, 제가 실을 가져올게요. 지난번에 손으로 재고 사 주신 신발은 너무 꽉 꼈어요."

굴 아흐마드는 검은 터번을 고쳐 쓰고 부인을 불렀다. 자르미나가 치마를 펄럭이며 달려와 검은 실타래를 건넸다. 굴 아흐마드는 두 아들의 발 크기를 재고 실을 주머니에 넣었다. 잠시 터번을 벗자 그의 머리와 조끼 가장자리가 햇살에 반짝거렸다. 그는 머리를 문지르고 모자를 고정한 다음 터번을 다시 머리에 둘렀다. 그가 통로를 따라 내려가며 외쳤다. "자르미나! 지금 가요. 목요일에 돌아오겠소."

자르미나는 남편 뒤에 물을 뿌리려고 양동이를 들고 왔다.[30] "알았어요. 잘 다녀와요." 굴 아흐마드가 문을 통과하자마자 바닥으로 물이 쏟아졌다. 성큼성큼 걷던 그는 마을을 지나 곧 자르미나의 시야에서 사라졌다. 자르미나는 한동안 그가 사라진 방향을 물끄러미 바라보며 문가에 서 있었다. 구름이 해를 가로질러 유유히 흘러갔다.

* * *

며칠 밤낮이 지났다. 화덕으로 몸을 굽히던 자르미나는 신음을 내며 손으로 허리를 받쳤다.

"망할 놈의 통증 같으니라구! 다 큰 딸이 있으면 좋을 텐데. 자르민굴Zarmin Gul처럼 집안일도 대신 해 주고."

그녀는 얇은 빵 두 덩이를 천으로 싸고 작은 접시에 버터를 올려 아이들에게 갔다. 두 아들과 라쉬타는 방구석에 앉아 구슬을 치고 있었다. 자르미나가 아이들을 불렀다. "구슬은 놔두고 빵이랑 버터 좀 먹어 봐. 점심까지 놀 텐데 밥을 안 먹으면 힘들지."

구르장이 와서 빵을 덮고 있던 천을 펼쳤다. 나시르는 다리를 꼬고 앉았다. 토실토실한 라쉬타도 이마의 곱슬머리를 뒤로 넘기고 눈을 비비며 하품했다. 자르미나가 딸에게 말했다. "너도 이제

30 아프가니스탄 일부 지역에는 길을 떠나는 사람 뒤에 물을 뿌리면 여행에 행운을 가져다주고 안전한 귀환을 돕는다는 믿음이 있다.

여섯 살이나 됐으니까 혼자 세수하고 와야지."

아이들은 빵 주위에 둘러앉아 버터를 조금씩 떼 갔나. 상념에 빠져 있던 자르미나가 아들에게 물었다. "구르장! 오늘이 무슨 요일이야? 너희 아버지는 목요일에 오시기로 했지?"

"오늘이 목요일이에요. 근데 아버지는 보통 일주일 더 있어야 돌아오시지 않아요? 아직은 좀 이른데."

"아, 떠나신 게 엊그제 같은데 벌써 목요일이구나. 날짜를 셀 수 있으면 좋을 텐데……. 교육을 못 받으면 이런 일이 생긴다. 날짜 표기법 정도는 배웠어야 했어. 여하튼 내일은 금요일이니까 커지[31] 파리드Qazi Farid 댁에서 식사 기도가 있겠네."

그때 문 두드리는 소리가 났다. 자르미나가 빨리 가 보라고 재촉하자 구르장이 빵을 입에 넣으며 대꾸했다.

"엄마, 지금 8시 30분밖에 안 됐거든요. 바투르Batoor일 거예요. 아랫동네 애들이랑 크리켓하기로 했으니까."

문 앞에는 소년 넷이 뻘뻘 땀을 흘리며 갈라진 손을 비비고 있었다. 누가 큰 소리로 외쳤다. "구르장, 삼소르Samsor가 다른 애들한테도 알리러 갔대. 우린 늦기 전에 지금 가자."

"기다려. 양말 좀 신고."

구르장은 네 계단을 뛰어올라 집으로 돌아온 뒤 급히 층계참을 가로질렀다. "조심해야지. 컵을 깨뜨렸잖아." 자르미나의 화

---

31 이슬람 율법 판사.

난 목소리를 듣는 둥 마는 둥 구르장과 나시르는 다시 밖으로 뛰어나갔다. 아이들 뒤로 문이 닫혔다.

* * *

오전 10시, 자르미나는 마당에 나와 앉아 있었다. 햇볕 아래 그녀의 머리카락이 더 검어 보였다. 라쉬타의 금발을 빗겨 주면서 그녀는 회색 히잡 귀퉁이를 이로 물었다. 그녀가 딸의 머리에 입을 맞추며 말했다. "누굴 닮았는지 모르겠네, 금발 아가씨. 엄마 아빠는 둘 다 금발이 아닌데."

"고모랑 굴Gul 삼촌 머리는 노랗잖아요."

"그렇지. 우린 대가족이니까. 자, 내일은 식사 기도에 가야 하니 손발을 더럽히지 않게 조심하렴."

자신의 머리를 매만지는 라쉬타의 통통한 손가락이 햇살에 밝게 빛났다.

"엄마, 우리 콜라도 마셔요?"

"아니. 추워서 콜라는 없을 거야."

"고기는요?"

"쌀 요리 안에는 고기가 들어 있겠지."

"엄마, 밖에 나갈래요. 더러운 건 안 만질게요."

라쉬타는 폴짝 뛰어 계단을 내려갔다. 자르미나가 다리를 뻗으며 외쳤다. "천천히 가. 아버지 들어오시게 대문도 열어 두고."

자르미나는 카펫 위에 다리를 쭉 펴고 앉았다. 따사로운 햇살이 발뒤꿈치를 데우는 동안 그녀는 벽에 기대어 깊은숨을 내쉬었다. 그녀는 상쾌한 공기를 들이마시며 푸른 하늘에 흩어진 구름을 바라보았다. 시선을 바닥으로 옮겨 이런저런 생각에 잠겨 있는데, 대문 열리는 소리가 들렸다.

"부인, 여기 와서 콜리플라워랑 오렌지 좀 받아 줘요."

자르미나가 남편을 향해 달려갔다. "잘 다녀왔어요? 몸은 괜찮구요?"

"그럼. 이것부터 받아 줘요. 나머지는 나중에 처리해도 되니까."

자르미나는 과일과 채소를 집 안으로 옮긴 다음 토마토 한 봉지를 검게 그을린 팬에 넣었다. 굴 아흐마드는 터번을 벗어 창문 옆에 놓고 매트리스에 누웠다. "차 좀 줘요. 날이 추워. 찬바람에 코가 베이겠어."

"신선한 우유도 줄까요?"

"아니. 곧 점심시간인데 그러면 밥맛이 없지. 그건 그렇고, 여기 이 신발들 좀 봐요. 아이들도 오라고 하구."

"구르장이랑 나시르는 강가에 있는데. 아랫동네 애들이 크리켓을 치자고 불렀거든요. 라쉬타는 집 뒤에 있구요. 오거이Ogay 삼촌네 가족이 커지 파리드의 기도 식사에 가려고 왔어요."

남편이 가져온 물건들을 보며 자르미나의 눈동자는 기쁨으로 빛났다. "세상에, 라쉬타 주려고 카불에서 만든 운동화도 가져왔군요!"

"맞소. 상대적으로 값이 싸고 따뜻해서. 하나밖에 없는 딸 건데, 하고 샀지."

굴 아흐마드는 큰 창문으로 고요히 산을 바라보았다. 이상하게 나무 위에서 노래하는 새가 보이지 않았다. 해도 먹구름 뒤로 숨었다. 마당에 있던 큰 나무에서는 금빛 잎사귀들이 우수수 떨어졌다.

그는 차를 한 모금 홀짝였다. 그러고 나서 컵을 내려놓으려는데 쾅, 폭발음이 들렸다. 창문의 유리가 산산조각 났다. 날아오르는 새들의 비명이 허공을 가득 메웠고, 가을 낙엽으로 땅이 뒤덮였다.

"신이여, 도와주소서. 큰일 날 뻔했소."

굴 아흐마드가 먼저 밖으로 나가고 자르미나가 뒤따랐다. 둘 다 맨발이었다. 사방이 연기로 자욱했다. 굴 아흐마드는 코를 찌르는 화약 냄새에 연신 콜록거렸다. 사람들은 마을 중앙에 모여 있었다. 눈을 비비며 달리는 동안 굴 아흐마드의 심장은 이상하게 날뛰었다. 자르미나는 심장이 조여 오는지 숨을 못 쉬고 창백한 얼굴로 서 있었다. 문득 사방이 찬물을 끼얹은 듯 고요해졌다. 앙상한 나뭇가지에는 새 한 마리 앉아 있지 않았고, 연기로 가득 찬 마을에서는 산도 보이지 않았다. 먹구름이 하늘의 반을 뒤덮고 있었다.

햇살이 서서히 다시 얼굴을 내밀기 시작했다. 굴 아흐마드는 아주 조심스럽게 두 걸음을 더 내디뎠고, 그 순간 그의 발에 피범벅이 된 시체가 닿았다. 그는 무릎을 꿇었다. 라쉬타가 힘겹게 마지막 숨을 쉬고 있었다. 굴 아흐마드와 자르미나는 숨이 끊긴 외동딸 옆에 한동안 그렇게 머물러 있었다.

16. 벌레The Worms

파티마 사어다트 Fatima Saadat

째깍거리는 벽시계 소리에 엄마는 깊은 잠에 빠졌는지 몰라도 조흐라Zohra는 아니었다. 태양등이 서서히 꺼지면서 작은 방은 점점 어두워졌다. 뒤척이던 엄마가 소리쳤다. 내일도 쓸 수 있게 전기를 아끼려면 당장 등을 끄라고. 조흐라는 스위치를 끄고 창을 등진 채 누웠다. 그녀는 얇은 꽃무늬 담요를 얼굴 위로 끌어당겨 어둠을 차단했다.

새벽 2시 반, 조흐라의 안에서 뭔가가 깨어났다. 발끝에서 한기가 느껴지는가 싶더니 축축하고 부드러운 것이 그녀의 발가락 사이를 기어다녔다. 어둠 속에서 그것의 정체를 확인하긴 힘들었다. 게다가 다리를 움직이려고 해도 그녀의 온몸은 뻣뻣이 굳어 있었다. 그러다가 불현듯 강한 힘이 그녀를 비틀며 잡아당기는가 싶더니 그녀의 가슴을 조이며 숨을 막았다. 비명을 지르며 사지를 움직이려고 해도 몸은 여전히 말을 듣지 않았다. 이렇게 어둠 속으로 빠져들 때마다 그녀는 눈에 보이지 않는 깊은 우물의 바닥으로 어떤 힘이 자신을 강하게 끌어당기는 것만 같았다. 그녀는 그 힘에 굴복할까 봐 두려웠다. 급박한 상황에 처하면 신의 이름을 되뇌라는 엄마의 말이 떠올랐다. 알라, 알라, 알라…… 하지만 그녀 앞에 나타난 신의 이름은 빠르게 사라져 버렸다.

조흐라는 간신히 일어나 담요를 걷었다. 온몸이 땀으로 흠뻑 젖었다. 그녀는 휴대폰 불빛을 발에 비추어 보았다. 길쭉한 고동색 벌레가 카펫에 반쯤 깔려 고통스럽게 꿈틀거리고 있었다.

조흐라는 상쾌한 아침 바람과 마당을 쓰는 엄마의 평화로운 비질 소리에 잠에서 깼다. 그녀의 엄마 하키마Hakima는 작은 꽃무늬가 프린트된 초록색 면 드레스와 손수 카막khamak[32] 문양을 수놓은 흰 바지를 입고 있었다. 아직 삼십 대였지만 그동안 겪은 고난과 고독 때문에 그녀의 피부는 피로에 찌들었고, 등까지 내려오는 머리는 하얗게 세었다.

하키마는 수제 토르쉬torshi[33]와 오이 피클, 차트니chatni[34]가 담긴 유리병 쪽으로 갔다. "어젯밤 끙끙 앓는 소리를 들었는데." 하

32 민속 현악기.

33 야채 절임.

34 매운 소스.

키마가 딸에게 속삭였다. "또 바크타크Bakhtak[35]에 시달렸니? 밤에 고기를 먹으면 꼭 손과 입을 씻으라고 했잖아." 조흐라는 깨진 거울 조각에 얼굴을 비춰 보며 턱에 난 여드름을 짰다. 이따금 엄마를 보더라도 그녀는 입을 닫고 아무 말도 하지 않았다.

하키마는 나뭇가지에 걸쳐 말린 작은 천 조각을 걷으며 다시 딸에게 말했다. "꿈 이야기는 절대 안 하네. 물라[36]의 가르침이 적힌 부적을 작게 접어서 목에 걸고 다니면 좋을 텐데. 아니면 마시는 물에 부적을 적셔 두던가. 그래. 그러면 좀 낫겠다."

조흐라는 창문 안에 놓인 보라색 꽃병을 바라보았다. 엄마의 눈을 보며 그녀가 말했다. "엄마, 어릴 때 큰 정원이 있는 집에서 살지 않았어요? 어렴풋이 기억나요. 죽어서 말라비틀어진 벌레를 엄마한테 가져다주곤 했잖아요."

"글쎄. 그런 기억은 없는데. 네 입에서 바퀴벌레를 꺼낸 날은 못 잊지." 엄마는 애써 웃으면서 빨래를 마친 천 조각을 마저 걷었다. 그녀가 몇 조각을 조흐라에게 건네며 당부했다. "잘 말라서 깨끗하니까 다음 생리까지 어디에 제대로 숨겨 놔."

"근데 엄마는 왜 정원 딸린 집 이야기만 나오면 대화를 피해요?" 조흐라가 다시 물었다.

"그게 뭔 말이야? 무슨 대화? 요즘 네 머리에 든 생각을 도무지 알 수가 없구나."

---

35 수면 중 가위에 눌렸을 때 나타나는 악령.

36 이슬람교 성직자.

"그냥 엄마랑 진솔한 대화를 하고 싶어요. 어떤 이야기라도 좋으니까, 진실을 말하는 대화를 하고 싶다구요." 조흐라는 문을 쾅 닫고 집 안으로 들어갔다. 하키마는 주름이 자글자글하고 더러운 자신의 손을 바라보았다. 손이 떨렸다.

정오가 되자 오전 수업의 끝을 알리는 종이 울렸다. 남학생들과 어린 학생들은 먼지 날리는 교정을 경쟁하듯 밀치며 가로질러 다음 수업으로 향했다. 조흐라도 바깥 계단 옆에 있는 2층 교실로 걷고 있었다. 그녀는 '7학년 B, 여학생반'이라고 푯말이 붙은 문 앞에 서서 계단의 흰 철제 난간을 휘감은 보라색 나팔꽃을 바라보았다. 길게 자란 나팔꽃 줄기는 허공까지 뻗어 있었다. 순간 그녀는 나팔꽃 줄기가 매서운 발톱처럼 보였다. 자신을 붙잡으려는 매서운 발톱. 그리고 어디선가 여자의 비명이 들리는가 싶더니 누가 그녀의 가슴을 마구 짓밟는 것 같았다. 뒷걸음치던 조흐라는 어린 소년과 부딪쳐 넘어졌다. 그녀가 검은 교복에 묻은 먼지를 털어내는 사이 아이는 재빠르게 도망쳤다. 그녀의 책과 종이는 바람에 날려 운동장 여기저기로 흩어졌다. 모두가 놀란 표정으로 종잇장들을 내려다보고 있었다.

"또 뭔 일이야? 누가 조흐라를 밀었어? 아니마Anima, 얼른 가서 조흐라를 도와줘라."

꼬챙이처럼 마른 하피즈Hafiz 교장 선생님이 종이 한 장을 집어 들며 말했다. 도망친 소년의 귀를 잡아당기고 있던 선생님은 실망한 듯 고개를 저었다. 그의 눈길이 종이에 그려진 낯선 모양과 형태에 머물렀다. 제멋대로 자란 야생 나뭇가지 사이에 그려진 거대한 검정 벌레들.

학생들이 수군거리기 시작했다.

"누가 민 게 아니에요. 혼자 넘어졌어요." 조흐라가 말했다.

아니마는 조흐라의 물건을 만지고 싶지 않다고 기어들어 가는 목소리로 이야기했다.

"사실 쟤랑 같은 반에서 공부하는 것도 싫어요. 엄마가 그러는데, 쟤 안에 진jinn[37]이 산대요."

아니마는 조흐라의 옆집에 살았다. 가끔 조흐라는 아니마의 아버지 자히르Zahir가 코 푸는 소리를 듣고 그렇게 심하게 코를 풀다가 뇌까지 코로 튀어나오는 게 아닌지 걱정한 적도 있었다.

"구경 그만하고 모두 교실로 돌아가." 하피즈 선생님이 얼마 안 남은 종이를 모아 조흐라에게 건넸다. "그림은 그만 그리는 게 좋겠구나. 온종일 그림만 그리잖니. 미적분은 거의 낙제할 뻔했는데. 여간 실망스러운 게 아니다, 조흐라. 아프가니스탄에는 여성 대통령, 여성 정치인, 여성 엔지니어와 여성 경제학자가 필요하단다. 그림은 별 도움이 안 돼. 물리학, 기하학, 화학 같은 과목을 더 열심히 공부하렴." 그는 아프가니스탄의 미래를 주제로 다른 설교를 늘어놓기 시작했다. 갈라진 그의 입술이 위아래로 움직일 때마

37 이슬람 문화권에 등장하는 초자연적인 존재 또는 악한 영혼.

다 입가에는 흰 거품이 쌓였다. "내 말 알아들었니, 조흐라?"

조흐라는 자신의 그림을 품에 안고 다음 수업으로 향했다.

반장이 선생님의 결근을 알렸다. 학생들은 환호했다. 옆자리에 앉은 아지마Azima는 가방에서 젖은 천을 꺼내 신발에 쌓인 먼지를 닦았다. 그녀는 조흐라에게도 바지를 닦으라며 다른 천 조각을 건넸다.

"조흐라, 나랑 교무실에 안 갈래? 샤리피Sharifi 선생님 뵈러. 선생님은 좋은 말씀을 해 주시잖아." 아지마가 다정하게 말했다.

"왜, 사랑 고백에 관한 조언이라도 얻게?" 앞줄에서 누가 아지마를 놀리기 시작했다. 호마이러Humaira는 일부러 냉소를 보여주려고 뒤로 고개를 돌리기까지 했다.

"웃기시네. 모두가 너처럼 남자 문제로 머리 아파하진 않아. 다른 걱정거리도 많다구. 훨씬 큰 고민거리." 아지마가 말했다.

"난 됐어. 그럴 시간도 없고." 조흐라가 끼어들었다. "중간고사 전에 미적분 공부에 집중해야 하거든." 조흐라는 아래로 시선을 깔고 책을 읽는 척했다.

"밤잠도 안 자고 골머리 앓으면서 공부에 집중이 되니? 얘, 넌 대화가 필요해. 좀 터놓고 말해 봐." 그녀가 조흐라에게 몸을 기댔다. "너희 어머니 말이야. 아버지에 대해 조금이라도 이야기한 적 있냐구."

"아지마, 그만. 왜 그런 얘기를 입에 올려?"

"내가 그 얘기를 떠벌리기라도 했다는 거니?" 아지마의 목소리가 바뀌었다. 잠시 정적이 흘렀고, 아지마가 다시 입을 열었다. "그렇게 성가시다면 어쩔 수 없지."

아지마는 자리에서 일어나 조흐라가 들고 있던 젖은 천을 낚아챘다. 조흐라는 펼쳐 놓은 책장을 움켜쥔 채 점점 번져서 희미해지는 글자들을 계속 바라보고 있었다.

아잔azan[38] 소리가 검푸른 오렌지빛으로 어우러진 저녁 공기를 뚫고 나아갔다. 멀리 첫 별이 보이기 시작했다. 복도에 가득 찬 토마토와 양파 냄새만으로도 조흐라는 이웃들의 저녁 식사를 짐작할 수 있었다. 하키마는 방을 서성이는 조흐라를 남겨둔 채 우두wuzu[39]와 기도를 위해 마당으로 나갔다.

조흐라는 불면의 밤을 더이상 세지 않았다. 지극히 일상적이고 당연했던 뭔가가 갑자기 불가능해지는 게 싫었다. 그녀는 악몽 때문에 앞으로도 정상적인 삶을 살 수는 없을 거라고 생각했다. 그녀는 종이와 연필을 보관하는 찬장으로 걸어가 거기에 있는 모든 도구를 검정 비닐봉지 안으로 던졌다. 교장 선생님의 말씀이 머릿속에서 맴돌았다. *여성 예술가는 필요 없어. 공부에만 집중해.*

하키마는 창문으로 딸을 바라보며 눈물을 훔쳤다. 그녀는 손을 앞으로 올리고 기도문을 읊으며 간간이 하늘을 올려다보았다.

---

38 이슬람 사원에서 예배를 알리는 소리.

39 기도 전에 몸을 씻는 의식.

자신의 시선을 딸이 눈치채자 하키마는 얼른 다른 쪽으로 눈길을 돌렸다.

조호라는 흰 종이들을 마구 구기며 소리치고 싶었다. 하지만 소리는커녕 눈물도 나오지 않았다. 대신 먹구름이 그녀의 머리를 빙 둘러쌌다.

"저녁 먹자." 하키마가 소리쳤다.

하지만 조호라는 그 말을 무시한 채 담요를 뒤집어쓰고 누웠다.

꿈속에서 조호라는 정원 끝에 있는 큰 나무들을 향해 천천히 걸음을 내딛는다. 어둠 속에서 나무들은 전혀 다른 모습을 띤다. 밤에는 낮과 다른 냄새가 난다. 그녀는 맨발이다. 차가운 발은 진흙으로 덮여 감각을 잃었다. 손바닥과 무릎으로 바닥을 기면 땅에서 꿈틀거리는 벌레와 젖은 나뭇잎의 촉감이 느껴진다. 살구나무 쪽으로 가자 어둠은 더 짙어지고 공기는 더 무거워진다. 늘 그렇듯 부모님의 말다툼 소리가 집에서 들린다. 그녀는 울기 시작한다. 다투는 소리는 나뭇가지 사이에 걸린 그들의 그림자 안팎으로 뒤틀린다. 갑자기 그녀의 몸이 커지는가 싶더니 주위에 있는 모든 사물이 작게 느껴진다. 그녀는 바닥에 누워 거칠게 숨을 몰아쉰다. 괴물 같은 나무의 발톱들이 하나로 뭉쳐 거대한 손으로 변해 그녀에게 돌진한다. 이번만큼은 그녀도 포기하고 싶다. 그녀는 눈을 감고 스스로 어둠 속으로 가라앉도록 내버려둔다. 하지만 그때, 뭔가가 그녀를 위로 힘껏 잡아당긴다. 그녀는 곧 얇은 스카프에 쌓여 엄마 품에 안긴다. 그녀는 엄마의 어깨 너머로 엄마를 쫓는 남자의 손을 본다. 오토바이가 굉음을 내는 사이 나무들과 어둠은 점점 멀어진다.

“일어나, 조흐라. 눈 좀 떠 봐.” 딸을 안고 머리에 입맞춤하는 하키마의 눈에는 눈물이 그렁그렁 맺혀 있었다. 그녀는 딸 곁에 앉아 딸의 손을 꼭 잡았다. “미안해. 널 그 집에 그 인간과 단둘이 남겨두고 와서. 딱 한 번이었어. 네 아빠가 날 때리고 강제로 쫓아냈거든. 내가 돌아오는 것도 막았고.” 그녀는 조흐라의 이마를 쓸어내렸다. “쫓겨나고 나서 그 인간이 널 팔아 버리려고 한다는 소식을 들었지. 그래서 다시 돌아간 거야. 오직 널 위해서. 다시는 널 혼자 두고 떠나지 않겠다고 약속했지.”

조흐라는 살구나무 옆에 누워 살랑거리는 나뭇가지를 올려다보던 시절을 기억했다. 오렌지색 실로 짠 스카프 사이로 보이던 엄마의 풍성하고 긴 머리카락, 엄마가 불러주던 자장가, 엄마의 웃음, 그리고 자신을 어루만지며 안아 주던 엄마의 부드러운 손길도.

“다른 길은 없었어. 그들이 죽이기 전에 내가 먼저 그 인간과 그 마을을 떠나야 했지. 너와 나, 우리를 위해 그런 선택을 했어.”

그녀는 엄마를 때리던 아빠와 도와 달라고 소리치던 엄마, 화장실에 숨어서 조그만 손으로 아플 때까지 귀를 막고 있었던 자신의 모습도 떠올랐다.

조호라는 다시 엄마를 바라보았다. 여전히 아름다운 엄마는 눈물을 머금은 채 옅은 미소를 띠고 있었다. "다 알아요." 그녀는 엄마의 여윈 손을 잡고 입을 맞췄다.

조호라는 학교 담벼락을 손가락으로 훑으며 걸었다. 몇 걸음을 내딛지 않았는데 벌써 손가락이 뜨거워졌다. 그녀는 두 팔을 벌려 담벼락을 안고 하늘을 올려다보았다. 일몰이 가까워졌는지 마지막 햇살이 새로 칠한 시멘트 벽 위에서 자취를 감추고 있었다. 그녀는 벽에 기대 눈을 감고 페인트 냄새를 맡으며 빙긋 웃었다.

아지마가 더러워진 붓을 모아 그녀에게 다가왔다. "야, 너 또 벽을 핥고 있니? 페인트는 다 말랐어?" 아지마가 조호라의 오른쪽 어깨를 누르며 물었다.

"아직 냄새는 남아 있어. 맡아 볼래?"

둘은 방금 그린 벽화를 보며 까르르 웃었다. 파란 교복을 입은 소녀가 한 팔로 책과 연필을 들고, 다른 팔로 머리 위에 떠오른 무지개를 만지는 그림이었다.

하키마는 깊은 밤 발소리에 잠이 깼다. 그녀는 눈언저리에서 아른거리는 어두운 실루엣을 보았다. 그림자는 빠르게 마당으로 향했고, 그녀의 심장 박동도 빨라졌다. 도둑이면 어쩌지? 집에 남자는 없었다. 그녀는 베개 밑에서 작은 손전등을 꺼내 천천히 창문을 향해 기었다. 그림자는 앞뒤로 움직이고 있었다. 마침내 그녀가 그림자를 향해 빛을 비추자 낯익은 형상이 드러났다.

"세상에! 한밤중에 밖에서 뭐 하는 거야? 도둑인 줄 알았잖아."

조호라는 보라색 꽃병을 들고 엄마를 향해 돌아섰다. "창 안에 두는 것보다 바깥이 나을 것 같아서요. 흙에 벌레가 있거든요."

하키마는 한숨을 쉬고 침실로 돌아갔다. 자리에 누운 그녀는 눈을 가늘게 뜨고 딸이 있는 곳을 내다보았다. 조호라는 여전히 꽃병을 들고 있었고, 그녀의 시선은 땅을 기어다니는 작은 벌레들에게서 떠날 줄 몰랐다.

17. 떠올라 빛나라, 코르쉬드 커눔

Khurshid Khanum, Rise and Shine

바툴 하이다리 Batool Haidari

아무도 그의 전화를 받지 않았다. 그는 온종일 번호를 누르고 또 눌렀지만 들리는 건 발신음뿐이었다. 그녀가 마지막으로 이렇게 밖에서 오래 머무른 때가 언제였는지 기억나지 않았다. 그는 코르쉬드Khurshid가 아픈지도 모르겠다고 짐작했다. 아니면 전화를 받을 수 없는 다른 사정이 생겼거나.

밤 9시, 마침내 누가 전화를 받았다.

"여보세요."

여자의 목소리를 듣고 그는 숨이 턱 막혔다.

카불에서 공부하던 시절 엘리어Alia와 약혼했을 때 그는 전화를 걸고 그녀가 먼저 말하기를 가만히 기다리곤 했다. 그녀의 심장 뛰는 소리가 듣고 싶어서였다. 매번 그의 전화는 똑같았다. 그는 한 번도 먼저 말하지 않았다. 그러면 엘리어는 "여보세요"라고 응답하는 대신 킥킥거리며 물었다.

"술라이먼Suleiman, 당신이죠?"

하지만 수화기 너머에 있는 여자는 웃지 않았다. 장이라도 꼬였느냐며 침묵을 답답해하는 여자의 목소리에 좌절이 묻어났다. 그는 눈물조차 흘리지 못했다. 그가 기억하는 한 엘리여는 이토록 매몰차게 전화를 받은 적이 없었다.

과거에 그의 집으로도 종종 전화를 걸어 아무 말도 하지 않는 사람이 있었다. 침묵 속에서 술라이먼은 몇 번이나 욕설을 내뱉었지만, 엘리여는 그런 무례한 전화 백 통이 걸려 오더라도 저속하게 대응해서는 안 된다고 했다.

수화기 너머에 있는 여자는 욕설을 내뱉지는 않았다. 장이 꼬여 죽을 지경이냐고 계속 캐물을 따름이었다. 전화가 끊기자 그는 다시 전화를 걸었다. 더이상 손은 떨리지 않았다. 그는 힘주어 같은 번호를 눌렀다.

이번에도 여자는 매몰차게 응답했다. 깊이 숨을 들이마시고 그가 물었다.

"엘리여 있습니까?"

수화기 너머에 있는 여자가 엘리여일 리 없다는 사실을 그는 알고 있었다. 여자는 엘리여와 다르게 "여보세요—"라고 단어를 길게 늘여 발음하는 것도 모자라 소리치듯 응답했다. 여자가 전화를 잘못 걸었다고 말했을 때 그는 잠시 안도했다. 하지만 수화기를 내려놓자마자 또 다른 의구심이 일었다. 아니야. 번호를 잘

못 눌렀을 리 없어. 그는 자신이 틀렸을 리 없다고 확신했다. 그는 다시 여자에게 전화를 걸었고, 자신을 엘리여의 먼 친척이라고 소개한 뒤 중요한 일로 그녀와 상의하고 싶다고 둘러댔다.

귀찮은 장난 전화가 아니라고 안심한 여자는 3년 전 어떤 가족에게 집을 샀다고 말했다. 가족의 이름을 묻자 여자가 답했다.

"아크바리. 자르검 아크바리Zargham Akbari."

일말의 의심도 남기지 않으려는 듯 여자가 덧붙였다.

"엔지니어 아크바리."

여자는 자신에게 전화를 건 사람이 거의 쓰러지기 직전이라는 사실을 알 수 없었을 것이다. 여자는 '엘리여의 먼 친척'에게 계속 이야기했다. 그 가족이 어디에 사는지 정확하게는 모르지만, 차우케 굴허Chawk-e-Gulha에 있는 고급 주택가인 건 확실하다고 했다.

마른침을 삼키며 술라이먼이 되물었다. 엘리여가 엔지니어 아크바리의 부인이 틀림없냐고. 여자는 웃으며 엘리여의 큰딸 코르쉬드도 언급했다.

"너무 괜찮은 아가씨죠. 사실 내 며느리가 되었으면 했는데, 연이 닿지 않았어요. 그 애는 대학에 가려고 했고, 우리 아들은 대학에 다니는 여자와 결혼하지 않으려고 했거든요. 말세죠. 순교자의 딸들도 대학에 다니고 있으니."

한숨 쉬며 여자가 내뱉는 말을 듣고 술라이먼은 비 오듯 땀 흘리기 시작했다. 그는 도무지 이해할 수 없었다. 겨우 정신을 가다듬고 다시 물었다.

"순교자의 딸이라니, 어떤 순교자를 말씀하시는 겁니까?"

여자는 이야기 나눌 상대가 생겨 즐거운 듯했다.

"아니, 무슨 친척이라는 사람이 그것도 몰라요?"

그가 변명을 둘러대기도 전에 여자가 말을 이었다.

"나도 잘은 몰라요. 이웃들이 얘기해 주더라구. 아가씨가 순교자의 딸이라고. 그 아가씨 어머니는 남편을 잃고 2년쯤 지나서 남편의 동료였던 엔지니어와 재혼했대요. 신이 은총을 내리셨는지 다른 아이도 하나 낳았구. 우리가 집을 샀을 땐 그분이 아기를 낳은 직후였어요. '술라이먼'이라는 멋진 사내아이를 낳았죠."

그는 숨을 쉴 수 없었다. '술라이먼'을 읊조리다가 전화를 끊었다.

어안이 벙벙해진 그는 손에 쥔 사진을 가만히 바라보았다. 자신의 아내가 재혼했다는 사실을 믿을 수 없었다. 어린 코르쉬드가 대학생이 된 것도, 자신이 순교자가 된 것도, 그의 동료 자르검이 엘리여의 남편이 된 것도 모자라 그들 사이에서 태어난 아들에게 자신의 이름을 붙여 준 것도 모두 믿을 수 없었다. 목구멍까지 차오르는 고통에 그는 입술을 꽉 깨물었다.

* * *

이튿날 그는 일어나자마자 창문을 열고 물을 벌컥 들이켰다. 남은 물을 머리에 부어 버리고 그는 침대로 돌아갔다. 그는 지난

날 자신이 내뱉은 말을 주워 담고 싶었다. 자르검에게 아내에 관한 이야기를 늘어놓았던 것을 후회했다. 그는 희끗희끗한 머리카락을 손가락 사이로 쓸어내렸다.

그가 억류된 지 벌써 6년이 지났다. 아직 집에 돌아가지 않은 게 그나마 다행이었다. 그랬다면 이웃 모두가 그를 알아봤겠지. 그는 눈을 감았다. 목 언저리에 멍울이 느껴졌다. 일어나서 전화기를 바라보던 그는 다시 같은 번호를 눌렀다. 매몰찬 여자의 목소리가 수화기 너머로 들렸다.

"전에는 왜 그렇게 끊었어요?"

여자는 이번에도 그의 대답을 듣지 않고 말을 이었다.

"아크바리의 이웃이었던 사브리Sabri 아주머니에게 알려 줬어요. 먼 친척이 전화했다구. 아주머니도 그 가족이 어디에 사는지 정확하게는 모른대요. 제가 말했듯이 차우케 굴허에 사는 것만 알더라구요. 엘리여는 금요일마다 언덕 위에 있는 순교자들의 묘지에 간대요."

"그 집에 같이 살던 노파가 있었는데, 혹시 어떻게 됐는지 아십니까?"

"아, 그 할머니. 편찮으셨는데, 아들이 순교했다는 이야기를 듣고 뇌졸중으로 쓰러지셨대요. 상심이 컸는지 그때부터 입을 닫고 사시다가 1년 뒤에 돌아가셨구요."

술라이먼은 벽에 기대어 눈물을 쏟았다. 날이 밝아 올 때까지 그의 눈물은 멎지 않았다.

***

목요일에 그는 도시로 산책 나갔다. 엘리어, 코르쉬드와 함께 갔던 장소를 모두 다시 찾았다. 가족과 함께 앉았던 곳에 머물며 그는 행복했던 옛 추억을 회상했다.

그는 저녁에 턱수염을 면도하러 갔다. 목 언저리에 자란 곱슬곱슬한 털을 정리하는 이발사의 손길이 간지러웠다. 약혼하고 나서 엘리어는 그에게 턱수염을 면도하지 말라고 했다. 여성다움은 긴 머리카락에서, 남성다움은 얼굴에 자란 털에서 느껴지기 마련이라고 엘리어는 말했다. 처음으로 기른 턱수염을 보고 반짝거리던 엘리어의 눈을 그는 잊을 수 없었다. 그녀는 턱수염이 잘 어울리는 그에게 천사처럼 보인다고 칭찬했다.

그는 엘리어가 그리던 그림도 기억했다. 당시 그녀는 천사들을 그리고 있었다. 천사는 모두 머리를 기른 남자들이었다. 엘리어에게 여자 천사도 있다고 알려 줘도 그녀는 귀 기울이지 않았다. 작업을 끝낸 그녀는 그림을 포장해서 그에게 선물로 주었다.

술라이먼의 턱수염은 이제 깨끗하게 깎였다. 남은 것은 콧수염뿐이었다. 그는 가만히 콧수염을 매만졌다. 이발사가 콧수염도 면도할지 묻자 술라이먼이 그에게 되물었다.

"콧수염이 제게 어울립니까?"

이발사가 가운을 걷고 그의 등을 두드리며 말했다.

"콧수염 없는 남자는 진짜 남자가 아니지요."

술라이먼은 의자에서 일어나 거울을 보았다. 그는 거울 속에 있는 남자가 낯설게 느껴졌다.

* * *

이튿날 아침 일찍 술라이먼은 묘지로 향했다. 관리실이 잠겨 있어서 스스로 순교자의 묘지를 찾아야 했다. 하지만 무덤을 샅샅이 뒤져도 자신의 이름을 찾을 수는 없었다. 그는 관리실 문이 열리기만을 기다리며 작은 가방을 머리에 베고 버드나무 밑에 누웠다. 이 나무도 한참을 헤매고 나서야 찾을 수 있었다.

묘지 관리인에게 그는 자신의 이름을 알려 주었다. 관리인은 '술라이먼'이라고 불리는 고인에게 땅을 내어주려 해도 아직 실종자에 불과하다며 그의 딸이 거부했다고 말했다. 그래서 그에게는 아직 묘비가 없었다.

"그녀는 매주 금요일에 혼자서, 또 어머니와 함께 여기에 옵니다. 먼저 여기에 오고 나서 다른 순교자들의 무덤도 둘러보지요. 관리실로도 와요. 혹시 누가 아버지에 대해 묻지는 않았는지 궁금해하지요. 여긴 실종자들의 소식을 초조하게 기다리는 가족들로 넘쳐납니다. 좀 편안해지길 바라는 마음에서 우리는 전쟁터에서 의사들이 모아 온 다른 사람의 뼈나 팔다리를 대신 주기도 해요."

술라이먼의 손에 냉기가 흐르는가 싶더니 숨이 찼다. 눈을 감은 채 관리인에게 인사를 건네고 그는 자신의 무덤, 혹은 잃어버린 자신 그 자체일지도 모르는 무언가를 찾아 떠났다. 버드나무 잎 사이로 찬 바람이 불었다.

그는 버드나무 아래에 앉아 다리를 가슴 가까이 끌어당기고 무릎 사이에 턱을 괴었다. 높이 떠오른 태양이 묘지의 아침 그림자를 없앴다. 비 냄새, 야생 운향 씨앗과 기도 소리가 간간이 공기를 채우는가 싶더니 사람들이 천천히 그의 주위로 모였다.

그는 병원에서 코르쉬드를 처음 집으로 데려오던 날을 떠올렸다. 어머니는 태어난 손주가 여자아이라는 사실에 낙담했지만 그는 무척 기뻤다. 그는 아기를 가슴에 꼭 끌어안고 아내에게 딸의 이름을 지었는지 물었다. 엘리여는 고개를 저었고, 그는 딸의 얼굴에 입을 맞춘 뒤 말했다.

"아이 이름은 내가 지을게. 얘는 코르쉬드야. 아버지의 태양, 코르쉬드."

엘리여는 너무 시끄럽게 시를 읊어 대는 아버지와 딸을 말려야 했다. 부녀는 도자기로 에워싸인 정원과 수영장 주변을 함께 손잡고 산책했다.

"떠올라 빛나라, 코르쉬드 커눔. 아빠에게 인사하렴, 코르쉬드 커눔."

술라이먼은 그렇게 노래 부르곤 했다.

* * *

제자리에 뿌리내린 듯 서서 그는 점점 느려지는 심장 박동을 느꼈다. 그는 자신의 눈을 믿을 수 없었다. 그녀가 보였다 엘리여, 술라이먼의 엘리여. 그는 침도 삼킬 수 없었다. 한동안 계속 눈을 깜빡이고 나서야 그는 정신을 차렸다. 드디어 당신이 왔군. 엘리여는 비슷한 체구에 히잡을 두르고 미소 짓는 소녀와 나란히 걷고 있었다. 틀림없어. 엘리여와 코르쉬드 커눔. 그가 혼잣말을 되뇌었다.

그는 아무도 알아볼 수 없게 가방으로 얼굴을 가리고 나무 뒤에 숨었다. 이미 숙녀가 되었구나. 그가 중얼거렸다. 코르쉬드는 대추 봉지를 가방에서 꺼냈다. 그녀의 찰랑이는 머릿결이 초록색 히잡 아래로 얼핏 보였다. 그녀는 묘지에 봉헌할 대추를 행인들에게 권했다. 그녀는 묘하게 어머니를 닮아서 처음 엘리여를 만났을 때를 떠올리게 했다.

누가 자신의 이름을 부른 것처럼 코르쉬드가 갑자기 멈춰 섰다. 남자와 소년이 그녀에게 다가가고 있었다. 엘리여가 남자의 팔에서 어린 소년을 받아 안았다. 자르검은 세월이 흘러 남자가 된 듯했다. 머리도 희끗희끗해졌다. 억장이 무너진 술라이먼은 가쁜 숨을 몰아쉬었다. 엘리여는 남자를 따라갔고, 코르쉬드도 떠났다. 술라이먼은 온몸이 산산조각 나 부서지는 것 같았다. 그는 곧 쓰러져 버드나무 아래 얼굴을 묻고 큰소리로 울부짖었다. 그 순간 그는 거기에서 숨을 거두고 싶었다. 자신의 심장이 그만 멈춰 버렸으면 좋겠다고 생각했다. 눈물이 넘쳐 깔끔하게 면도한 그의 얼굴과 주름 사이로 흘렀다. 무릎을 꿇은 채 그는 머리를 땅에 박고 또 박았다. 그는 절대로 그녀들을 잃을 수 없었다.

그의 무릎도 눈물로 흠뻑 젖었다. 엘리여는 떠났고, 자르검과 어린 소년도 사라졌다. 엘리여를 닮은 여자가 관리실 쪽으로 향하는 모습이 보였다. 그녀의 치마가 바람에 나부꼈다. 그녀는 참 빨리 걸었다. 코르쉬드가 분명했다. 그녀는 묘지 관리인에게 또 같은 질문을 하려는 듯했다.

술라이먼은 가방을 들고 주먹을 쥔 채 관리실로 향했다. 천천히 걸으려 해도 다리가 후들거렸다. 자신이 두 다리를 끌고 가는 것 같았다. 코르쉬드는 관리인의 통화가 끝나기를 기다리고 있었다. 그녀는 아직 그 질문을 하지 않았다. 술라이먼은 그 자리에 멈췄다. 온 얼굴이 눈물범벅이 되었다. 그는 코르쉬드를 잃을 수 없었고, 잃고 싶지도 않았다. 그는 더 빠르게 걸어서 그녀의 바로 뒤에 섰다. 그는 천천히 숨을 골랐다. 관리인의 통화가 끝나자 그녀가 물었다.

"아저씨, 혹시 아버지 무덤에 대해 묻는 사람이 없었나요?"

질문에 답하려고 입을 열던 관리인의 시선이 순간 술라이먼에게 멈췄다.

18. 내 베개의 여정 11,876 킬로미터

My Pillow's Journey of Eleven Thousand, Eight Hundred and Seventy-Six Kilometers

파랑기스 엘리여시 Farangis Elyassi

몇 년간 나는 잠을 푹 잤다. 나는 늘 그게 내 베개 덕분이라고 말했다. 베개에 머리를 대는 순간 나는 잠에 빠져들곤 했다. 너무 푹 자서 시계를 보고서야 밤 10시와 오전 6시가 된 것을 알았지, 시간 사이의 어둠은 전혀 몰랐다. 매일 아침 베개를 남겨 두고 출근을 준비하는 건 쉽지 않았다. 누가 잠을 제대로 못 잔다고 불평하면 나는 이렇게 말해 주곤 했다.

"베개가 불편해서 그런 게 아닐까요? 베개를 바꿔 봐요. 저는 몇 년째 같은 베개를 베고 자요."

오죽하면 남편도 똑같이 물었다.

"당신은 베개에 머리가 닿자마자 잠들더라구. 어떻게 그게 가능하지? 나도 모르는 비법이 있어?"

그때 어머니가 베개를 사셨는지 아니면 직접 만드셨는지 나는 모른다. 베개는 너무 푹신하지도 딱딱하지도 않았다. 크기도 알맞았고 무겁지도 않았다. 모든 게 딱 적당했다. 그렇다. 오직 어머니만이 제대로 균형 잡힌 베개를 만들 수 있지.

아프가니스탄에서의 삶은 다른 나라에서처럼 편리하거나 평화롭지는 않았다. 하루에도 몇 번씩 식수 공급이 중단되는가 하면, 지속적으로 전기가 끊기는 데다가 인터넷 서비스도 불안정해서 업무는 늘 지연되곤 했다. 하지만 사랑하는 내 나라에서의 삶은 여전히 아름다웠다. 남편과 나는 좋은 직장에서 일했고, 수입도 괜찮았다. 그리고 나는 내 일을 사랑했다. 외국 단체에 소속된 변호사로 나는 빈민들을 대변하는 일을 맡았는데, 고객의 다수는 가정 폭력에 시달리는 여성들이었다. 내 나라와 국민을 위해 하는 일은 조금도 힘들지 않았다.

그럼에도 불구하고 남편은 악화하는 치안을 걱정하기 시작했다. 가족들은 특히 내 상황을 많이 염려했다. 내가 법원과 변호사 사무실, 법무부 건물에서 일했던 탓이었다. 급작스러운 사고와 폭발이 잦아지면서 하루에도 몇 번씩 서로에게 전화를 걸어 안부를 확인하곤 했다.

결국 전쟁과 치안 불안 때문에 다른 사람들처럼 우리도 떠나야 했다. 나는 남편이 내린 그 선택이 끝내 못마땅했다. 나는 계속 남편을 설득하려고 했다. 이민 갈 수 없는 상황에 놓인 사람들도 있는데 우리까지 떠나 버리면 그들의 상황은 더 악화할 게 뻔하다고 나는 말했다. 하지만 남편의 뜻을 바꾸는 데 실패했다. 그는 떠날 기회가 항상 있는 건 아니라고 했다. 달갑지 않아도 결국 그의 결정을 받아들일 수밖에 없었다. 나는 떠날 준비를 시작해야 했다.

할 일이 많았다. 변호사 일을 그만두고 꼭 가져가야 할 물건부터 샀다. 얇은 여름옷, 겨울 양말과 외투, 주방용품, 향신료, 쌀, 생강가루, 신 건포도. 친구들은 이런 물건을 외국에서 찾기가 힘들뿐더러 발견하더라도 몹시 비싸다고 했다. 짐은 너무 무거웠고 가져갈 것들은 너무 많은 데다가 갈 길도 멀었기 때문에 나는 베개까지 챙길 수 없었다. 정해진 수하물의 무게에 맞추려면 모든 짐의 무게를 신경 써야 했다.

드디어 떠날 때가 되었다. 나는 초조한 마음으로 내 나라를 떠나 많은 이들이 꿈꾸는 땅, 미국으로 향했다. 착륙해서 공항을 통과하는데, 기내용 가방에 식품을 넣은 승객들에게 알리는 방송이 들렸다. 분쇄하지 않은 향신료를 소지하고 있는 사람은 지정된 접수처로 가서 당국에 신고해야 한다는 내용이었다. 나는 가루 향신료에는 문제가 없기를 바랐다. 서둘러 수하물을 찾았고, 모든 게 순조롭기를 희망했다.

이틀 동안 여행한 끝에 신선한 공기를 마시며 땅 위를 걸으니 나는 새로운 사람이 된 것처럼 느껴졌다. 강 옆으로 깨끗한 도로와 마천루, 오두막처럼 생긴 집들이 보였다. 신록의 언덕과 작은 강들이 한 폭의 그림처럼 아름다웠지만, 어디를 둘러봐도 주위는 고요했다. 공항에서 나오는 길에도 자동차만 보일 뿐 사람은 보이지 않았다. 그곳은 마치 자동차의 도시 같았고, 눈에 보이는 영혼은 없었다.

정착하고 나서 나는 매일 아침 식사와 청소를 마치면 집 옆에 있는 공원을 바라보고 앉았다. 손에 찻잔을 들고 나는 구직을 하기 위해 인터넷에 접속했다. 나는 늘 집안일과 구직, 면접 준비로 바빴지만 베개를 잊을 수는 없었다. 미국에 도착한 후로 나는 제대로 잠들지 못했다.

시간이 지나며 나는 이웃들과 조금씩 가까워졌다. 매일 마주치면 언젠가는 인사를 나누게 되니까. 나는 어디에서 편한 베개를 살 수 있는지 물었고, 그들이 알려 준 대로 매트리스와 베개를 전문적으로 취급하는 상점에서 베개를 샀다. 이전 베개와 아주 비슷한 새 베개를 보며 나는 이제 숙면을 취할 수 있으리라고 확신했다.

하지만 그날 밤 새 베개에 머리를 대는 순간 불편함에 짜증이 치밀었다. 나는 거의 잠을 자지 못했다. 이튿날 상점에 가서 베개를 교환해도 마찬가지였다. 일주일 동안 몇 번이나 편한 베개를 찾기 위해 가게를 들락거렸지만 날이 갈수록 상황은 더 나빠졌다. 결국 나는 지쳐 버렸다. 내가 베개를 남겨 두고 온 날, 잠도 나를 떠난 게 분명했다. 나는 베개를 가져왔어야만 했다.

1년 동안 나는 내 베개 없이 낯선 나라에서 잠을 청했다. 아니, 내 베개 없이 1년 동안 밤을 지샜다고 표현하는 게 더 정확하다. 밤만 되면 나는 내 나라에서 행복했던 날들을 떠올리며 이곳에서도 그런 감정을 다시 느낄 수 있을지 자문했다. 가끔은 가만히 누워 두고 온 가족의 안전을 걱정하며 밤을 새기도 했다. 다음에 내 나라를 방문하면 수하물 제한 따위와 상관없이 무조건 내 베개를 가져오리라고 나는 다짐했다.

마침내 남편과 나는 가족도 볼 겸 잠시 아프가니스탄을 방문하기로 했다. 세상에, 친구들과 친척들에게 줄 선물을 포함해서 준비할 게 너무 많았다. 어머니가 좋아하는 화려한 핸드백, 오빠를 위한 손목시계, 자매들과 아이들에게 줄 옷과 장난감, 그리고 모두에게 나눠 줄 맛있는 초콜릿을 골랐다.

"이번에는 꼭 베개를 가지고 돌아올 거야!"

기대에 부푼 내 표정을 보고 새로 사귄 친구들이 말했다.

"아프가니스탄 방문이 즐겁게 느껴지지만은 않을걸요. 이곳의 편의 시설이나 일상의 안락함에 이미 길들여졌을 테니까. 이런 생활을 누릴 수 없어서 답답할지도 몰라요."

나는 아무 말 없이 미소만 지었다.

드디어 나는 사랑하는 내 나라로 돌아왔다. 공항으로 마중 나온 사람들을 보니 기쁨이 넘쳐흘렀다. 긴 여정이었지만 조금도 피곤하지 않았다. 사랑하는 가족들은 어샥ashak[40]과 거불리qabooli[41], 볼라니bolani[42]를 집에 준비해 놓았다. 함께 음식을 먹으니 더 맛이

40 삶은 만두 위에 요구르트와 토마토소스, 허브를 곁들여 내는 요리.

41 아프가니스탄 쌀 요리.

42 납작한 빵에 감자, 콩, 시금치 또는 고수 같은 향신료를 넣어 만드는 요리.

좋았다. 이렇게 많은 이들과 함께 먹는 식사는 정말 오랜만이었다. 웃음소리는 물론이고 아이들이 내는 소음마저 유쾌하게 들렸다. 그 순간 나는 길고 긴 미국의 침묵에서 해방되었다.

아프가니스탄은 내가 떠날 때와 별반 다르지 않았다. 부서지고 무너져도 여전히 아름다운 내 나라. 의지할 곳 없는 빈민들 역시 바로 내 나라의 사람들이었다. 그리고 무엇보다 아름다웠던 건 바로 내 베개였다. 첫날 밤, 나는 1년 만에 처음으로 베개에 머리를 대고 곤히 잠들었다. 나는 남편에게 말했다.

"베개 때문이라고 했잖아요. 봐요, 지금은 얼마나 쉽게 잠드는지. 약 따위는 필요 없어요."

소중한 사람들의 환대를 받으니 기뻤다. 어머니, 형제자매들과 어울려 시장에 가고, 상점 주인들과 예전처럼 다시 흥정하고, 옛 거리에서 쇼르 나코드shor nakhod[43]를 맛보고, 사람들과 이야기하는 게 무척 편안하게 느껴졌다. 그렇게 두 달은 이틀처럼 지나갔고, 다시 작별 인사를 나눌 시간이 다가왔다.

나는 다시 짐을 챙기느라 바빠졌다. 친척들이 많은 선물을 건넸지만 이번에는 절대 베개를 두고 가지 않을 작정이었다. 나는 가장 큰 가방에 베개부터 넣었다. 다시 이민자가 된 나는 외로운 심장을 부여잡고 내 나라와 친척들에게 눈물로 작별을 고했다. 그래도 이번 여정에는 베개가 나와 함께 했다. 헤어짐의 고통에도

43 병아리콩을 소금물에 절여 소스와 곁들이는 요리.

불구하고 이제는 어두운 밤을 뜬눈으로 지새우지 않으리라는 확신이 생겼다. 외로움은 몰라도 불면을 견딜 필요는 없을 것이다.

공항에 도착하자마자 나는 미국에서 보낸 생기 없던 지난날을 떠올렸다. 도시는 전혀 아름답지 않았다. 바닷가, 건물, 풍경, 공원, 레스토랑 모두. 집에 와서 나는 베개부터 꺼냈다. 그날 밤 베개는 약간 딱딱하고 불편하게 느껴졌다. 나는 이틀 동안 가방에 짓눌렸던 베개가 곧 원래 모습을 되찾으리라고 생각했다.

하지만 며칠이 몇 주가 되고, 몇 주가 다시 몇 달이 되어도 베개는 편안해지지 않았다. 그로부터 1년이 또 지났지만 나는 여전히 뜬눈으로 밤을 지샌다. 매일 밤 수면제를 먹어도 소용없다. 잠이 들기는커녕 이제는 눈을 감기도 힘들다. 일어나 휴대폰 시계를 본다. 아직 1시밖에 안 됐다. 도대체 언제 아침이 올까. 나는 계속 시계를 확인한다. 2시, 3시, 4시, 5시. 새벽빛이 밝아 올 때까지 그렇게 나는 시간을 센다.

잠은 원래대로 돌아올 것 같지 않다. 수면제 같았던 베개는 돌덩이처럼 변해 버렸다. 베개를 벨 때마다 머리가 아프다. 밤새 베개를 부풀리다가 양옆으로 뒤집고, 베개를 치웠다가 다시 머리맡에 놓아 보기도 하지만, 이 베개도 밤새 두통이나 유발하는 돌주머니처럼 되고 말았다.

결국 나는 숙면과 베개가 관련이 없다는 사실을 받아들였다. 잠은 내 나라의 온기, 사랑하는 어머니와의 만남, 자매들과 떠는 수다, 남매 사이의 우정과 어리숙한 장난, 그리고 친구들과 나누는 웃음과 관련되어 있었다. 이제야 나는 깨달았다. 내 나라를 위해 실천했던 작은 봉사 덕분에, 내 나라에서만 누릴 수 있는 자유 덕분에 그토록 평화롭게 잠들 수 있었다는 사실을.

IV

19. 어자Ajah

퍼테마 허와리 Fatema Khavari

'어자Ajah'가 사람을 지칭할 때는 '어자 아윱Ajah Ayyub'이라는 여자를 가리킨다는 사실을 모두가 안다. '어자'는 '할머니'를 의미하지만, 어자 아윱에게는 자녀가 없었다. 그녀가 '아윱' 칭호를 받은 데는 이유가 있었다. 신의 심판에 직면해서도 사탄의 유혹에 넘어가지 않았던 예언자 아윱처럼 그녀는 결연하게 마을을 홍수의 위기로부터 구했다.

그녀는 이브라힘Ibrahim의 핏줄을 타고 태어났다. 이브라힘은 백 년 전 아미르 압둘 라흐먼 칸Amir Abdur Rahman Khan의 압제에 맞섰고, 성난 황소를 몰고 길들이던 인물이었다. 아미르는 이브라힘을 아프가니스탄의 중심이었던 더이콘디Dikundi에서 추방했다. 이브라힘은 북쪽으로 사백 킬로미터 넘게 이동해서 우즈베키스탄 국경과 맞닿는 발크Balkh 지역의 침털Chimtal에 정착했다.

침털의 봄여름은 찌는 듯 무더웠고, 가을과 겨울은 꽁꽁 얼게 추웠다. 이런 극한의 기후 조건을 가진 샤 알보르즈Shah Alborz 산기슭에 어자의 조부 이브라힘은 터를 잡았다.

압둘 라흐먼 칸이 사망한 뒤 그의 아들 하비불라Habibullah 왕자는 선왕의 부정을 바로잡으려고 했다. 그는 아버지가 추방했던 모든 사람에게 땅을 주었다. 이브라힘이 죽고 나서 이브라힘의 두 아들 알리더드Alidad와 무함마드 알리Muhammad Ali는 그렇게 땅을 갖게 되었다.

어자는 무함마드 알리의 딸이었다. 1905년에 태어난 그녀는 피부가 창백했고 눈동자와 머리카락이 갈색이었으며, 작은 입술은 늘 결심에 찬 듯 보였다. 그녀가 일곱 살쯤 됐을 때 그 지역에 결핵이 창궐했는데, 그녀의 삼촌과 숙모가 병으로 죽고 말았다.

전염의 두려움 때문에 사람들은 접촉을 피하기 시작했다. 어자의 부모님이 병석에 누웠을 때 그녀를 도와준 사람은 사원의 이맘imam[44]밖에 없었다.

부모님을 잃고 어자는 매주 부모님의 묘를 찾았다. 무덤가에서 그녀는 추위와 더위를 모두 잊고 이맘이 그녀를 찾으러 올 때까지 홀로 말없이 서 있었다. 이맘은 2년간 어자를 돌봐 주었다.

어느 날 아침, 이맘은 어자를 데리고 그녀가 소유한 땅을 보러 갔다. 거의 잡초로 뒤덮인 땅에 주민들이 소떼를 풀어놓은 게

44 이슬람의 지도자.

보였다.

“널 도와 이 땅을 경작하기에 난 너무 늙었구나.” 이맘이 구슬프게 말했다. “널 위해 차라리 이 땅을 파는 게 낫지 않을까 싶다.”

어자는 고개를 저었다. 그녀는 세월의 흔적이 고스란히 느껴지는 이맘의 얼굴을 보고 물었다. “저를 도와 과수원을 경작하기엔 너무 늙으신 거예요?”

이맘은 어자의 머리에 손을 올리고 그녀를 내려다보며 미소 지었다. “과수원은 좋은 생각이구나. 나무들이 너와 함께 자라날 게다. 네가 여자가 될 무렵이면 열매도 맺겠지. 넌 아주 똑똑한 소녀란다. 넌 스스로가 원하는 걸 알고, 한발 앞서서 생각할 줄도 알지. 그게 바로 네 재능이야.”

폭설이 내려 허리까지 눈이 쌓이던 날 이맘은 세상을 떠났다. 어자는 이미 슬픔과 더불어 사는 법을 알았고, 말없이 상실의 고통을 인내했다.

“너는 내가 갖지 못한 딸이란다.” 언젠가 이맘이 그녀에게 말했다. “신은 우리 부부에게 아이를 갖는 축복은 허락하지 않으셨지.”

촌장 샤 후사인Sha Hussain에게는 아내 셋과 아들 아홉이 있었는데, 그는 아홉 살이었던 어자를 자신의 딸로 입양했다. 촌장은 옷과 장난감, 장신구를 사 주고 어디든 그녀를 데리고 다녔다. 딸이 없었던 그는 어자를 유달리 예뻐했다. 하지만 그의 부인들은 소녀에게 향하는 그의 애정에 질투를 느끼고 말았다. 그녀들은 어자를 친딸처럼 대하라는 촌장의 지시에 몹시 분개했다.

부인들은 어자에게 빵을 반죽하라고 시켰다. 어자는 소젖을 짜고 식구들을 위해 요리도 해야 했다. 어자는 세 부인이 낳은 아홉 아들들도 돌보았다. 그래도 어자는 불평하는 법이 없었다.

어느 날 오후, 샤 후사인이 어자에게 차를 내오도록 부탁했다. 쟁반을 내려놓을 때 그는 갈라지고 물집으로 벌게진 어자의 손을 보았다.

"손이 왜 그러니?" 그가 물었다.

어자는 아무 말도 하지 않았다.

촌장은 일어나서 밖에 있던 부인들에게 어자를 데려갔다. 그는 어자의 손을 번쩍 들고 물었다. "아이 손이 왜 이러지? 아이한테 뭔 일을 시킨 거요?"

"일은 안 하고 놀거나 자기만 하던데요." 부인 한 명이 답했다.

샤 후사인은 어자를 내려다보았다. "그게 사실이냐?"

어자는 이번에도 침묵했다.

이튿날 아침, 촌장은 부엌으로 향했다. 어자는 부엌에서 7킬로그램이나 되는 밀가루를 반죽하느라 고군분투하고 있었다. 그는 어자의 어깨에 손을 얹고 마당으로 나가 다시 부인들을 불렀다.

부인들은 분노에 찬 남편과 마주했다. "아이한테 열세 식구 입에 들어갈 빵을 반죽시키는 부인들은 더이상 나에게 필요 없소. 오늘 당장 당신들 모두와 이혼하겠어."

'이혼'이라는 말을 듣자마자 여자들은 충격에 빠져 울부짖었다. 어자는 촌장의 셔츠를 잡아당기며 그 앞에 무릎을 꿇었다. "일을 좀 달라고 제가 부탁한 겁니다."

샤 후사인은 어자가 부인들을 보호하려 드는 것을 눈치챘다. 그는 부인들을 향해 고개를 내저었다. "당신들은 양심도 없소? 어떻게 어린아이한테 당신 셋이 할 일을 몰아서 시킨단 말이오?"

상황은 나아진 듯했으나 촌장은 부인들의 적개심이 나날이 커지리라는 사실을 알았다. 그는 어자가 열두 살이 되던 해에 미르자Mirza의 아들 하킴Hakim과 그녀를 결혼시켰다. 교양 있는 미르자는 이미 딸 다섯을 모두 혼인시켰고, 하킴은 그의 외아들이었다.

어자는 마을에서 유일하게 아이를 받을 수 있었던 시어머니 호마이러Humaira에게 산파 일을 배웠다. 밤낮을 가리지 않고 출산이 임박한 여자가 있으면 사람들은 호마이러를 불렀다. 어자도 가끔 시어머니와 함께 여자들의 출산을 도왔다.

호마이러는 손주를 간절히 원했다. 그녀는 임신하지 않는 어자를 나무라기도 했다. "도대체 뭐가 문제야? 나는 밤낮없이 다른 여자들의 아이를 받는데, 정작 내 며느리는 아직 후손을 낳지 못한다니. 아들은 내 전부야. 네가 임신하지 못하면 다른 부인을 구해 줄 테니 그렇게 알아."

"신이 주시지 않는데 어떻게 아기를 갖죠?" 어자가 되물었다.

"글쎄. 나는 신이 주실 때까지 기다리지만은 않을 거다. 계속 임신을 못 하면 아들에게 다른 부인을 얻어 줄 거야."

너무 쉽게 임신하는 여자들을 보며 어자는 속이 상했다. 그렇게 아이를 갖지 못한 채 2년이 흘렀고, 시어머니는 기어이 라일러Leila를 아들의 둘째 부인으로 맞이했다. 라일러는 아름다웠다. 하킴은 새 부인 곁에 머물며 이야기하고 웃었다. 가끔 방에서 그들의 소리가 들리면 어자는 밤새 베개에 얼굴을 묻고 흐느꼈다. 라일러는 매일 어자의 불임을 비웃었지만, 어자는 라일러와 언쟁을 벌이지 않았다.

또다시 3년이 흘렀다. 그동안 하킴의 둘째 부인 라일러도 아기를 갖지 못했다. 그제야 사람들은 미르자의 아들 하킴에게 문제가 있음을 눈치챘다. 조롱과 모욕을 견딜 수 없었던 시어머니는 병을 얻어 곧 세상을 떠났다.

하킴은 처르켄트Charkent 산악 지역에 가서 치료받기로 마음먹었다. 그곳에는 만병을 고친다고 알려진 전통 치료사가 있었다. 하킴은 아침에 집을 떠나 치료사를 만났으나, 어깨 아래로 온몸이 마비된 채 집으로 실려 오고 말았다. 좁은 산길에서 발을 헛디딘 그는 절벽 아래로 추락해 목을 부러뜨렸다. 라일러는 자식을 낳을 희망이 없다는 사실을 깨닫고 마을 사람들을 불렀다. 그녀는 그 자리에서 이혼을 요구하고 떠났다.

미르자가 어자에게 참담하게 말했다. "내 아들은 너에게도 도움이 안 된다. 그 애 때문에 인생을 낭비하지 말거라. 이혼을 막지 않으마. 다른 사람과 결혼해서 아이도 낳고 살아. 너는 아직 젊잖니."

"아뇨. 다른 남편은 바라지 않아요. 이미 남편과 아버님은 제 가족이에요. 누가 힘들다고 가족을 버려요?"

어자는 하킴이 사망할 때까지 7년 동안 그를 돌봤다. 하킴이 죽고 나서 미르자는 또 한 번 그녀에게 재혼을 권유했다.

"이젠 너무 늙었어요, 아버님." 겨우 스물일곱이었지만 그녀의 앞머리는 하얗게 세어 있었다. 어느새 어린아이들도 그녀를 '어자'라고 불렀다. 그녀는 그 말이 싫지 않았다. 오히려 듣기 좋았다. 곧 모두에게 그녀는 '어자'라고 불리게 되었다.

미르자는 재산을 자식들에게 나눠 주고 하킴의 몫은 어자에게 주었다. 그녀는 물려받은 유산보다 더 넓은 땅에 나무를 심었다. 과수원은 그 지역에서 자라는 각종 과일나무로 가득 찼다. 아몬드와 복숭아, 사과가 탐스럽게 열렸고, 까맣고 빨갛고 하얀 온갖 종류의 베리도 자랐다. 어자의 과수원은 발크 지역에서 꽤 유명해졌다. 셔 알보르즈산 정상에서도 어자의 과수원은 눈에 띄었다.

1940년 7월, 정부에서 건장한 성인 남자들을 징집한다고 발표할 무렵 지진이 마을을 강타했다. 마을에는 남자가 없었다. 아이들과 노인들, 그리고 여자들만 가축을 돌보고 농사를 짓기 위해 마을에 남았다. 고난의 시기였다.

그녀의 과수원에서도 많은 과일나무가 피해를 입었다. 그녀는 나무들과 함께 늙어 가기를 소망했지만 그녀가 아끼던 호두나무도 땅 밖으로 뿌리를 드러내고 말았다.

그달 말, 어자는 셔 알보르즈산으로 바드라badrah[45]를 캐러 갔다. 매년 능선을 오르며 약초를 캐는 사이 그녀는 셔 알보르즈산 전체를 자신의 손바닥처럼 세세히 알게 되었다.

그녀는 산중턱에 멈춰 자신의 과수원을 내려다보았다. 지진으로 갈라진 능선이 보였다. 균열은 산기슭에서부터 마을까지 이어져 있었다. 지진으로 갈라진 좁은 골짜기로 녹은 눈이 흘러가면 과수원에도 피해가 갈 것임을 그녀는 즉시 알아차렸다. 마을로 쏟아지는 물은 농작물과 가옥들을 휩쓸어 버릴 게 뻔했다.

마을로 돌아온 그녀는 주민들을 집으로 불렀다. 그녀는 산에서 마을 북쪽으로 이어지는 길고 좁은 골짜기와 산비탈을 가리켰다.

"저 위를 봐요. 녹은 눈이 비탈을 따라 내려와서 저 골짜기로 흘러간다고 생각해 보세요."

"그게 무슨 말이오?" 촌장 칼릴Khalil이 물었다.

"저 골짜기에서 물이 넘치면 마을에 홍수가 날 겁니다."

"정신 나갔소, 어자? 홍수는 무슨 홍수? 머리가 허옇게 셀 때까지 여기 살았어도 홍수가 난 적은 없소."

"산기슭이 예전 같지는 않잖아요. 바드라를 따러 셔 알보르즈산에 가서 내 눈으로 봤어요. 못 믿겠으면 당신도 가서 직접 확

45 산매듭풀. 페르시아 문화권에서는 불운을 막거나 악한 기운을 정화하기 위해 이 풀로 향을 피우는 풍습이 있다.

인해 보세요."

칼릴의 미적지근한 반응에 그녀는 화가 났다. 그는 어린 그녀에게 친절을 베풀던 샤 후사인과 너무 달랐다.

"그래서, 나한테 뭘 어쩌라는 거요?" 촌장의 말투에 비웃음이 배어 있었다.

"임시 수로를 파고 다른 방향으로 물길을 내서 마을로 홍수가 들이치는 걸 막아야지요."

"하지만 누가 수로를 파겠소? 남아 있는 사내가 없잖아요. 정부가 모두 징발해 갔는데. 애들하고 노인들이 삽과 곡괭이를 들고 땅이라도 파야 한다는 거요?"

"여자들이 있잖아요. 우리가 땅을 팔게요."

"그럼 누가 논밭에서 일하고 애들을 돌보고 요리를 하죠?"

"우리끼리 순번을 정할 거예요."

"여자, 당신은 말도 안 되는 소리를 하고 있소. 여자들이 삽과 곡괭이를 들고 땅을 팔 수 있다고 생각해요?"

"당연히 팔 수 있죠. 논밭에서 일하고 애도 돌보는 사람들이 어째서 곡괭이와 삽으로 수로를 못 판다는 겁니까?"

"그건 남자들의 일이오. 어자 아흡."

"그런가요?" 어자는 히잡을 고쳐 쓰고 집으로 들어갔다.

이튿날 그녀는 골짜기와 자신의 과수원이 맞닿는 마을 북쪽으로 향했다. 그녀는 칼릴의 비웃음과 조롱을 무시하고 땅을 파기 시작했다. 노망난 것 같다며 농담하는 다른 여자들의 말도 들리지 않는 척했다.

어자는 강으로 수로가 연결될 때까지 한 달 동안 땅을 팠다.

11월이 되자 폭우가 쏟아지기 시작했다. 오후 내내 비가 내리더니 깊은 밤 사람들이 잠든 사이 마을로 물이 들이닥쳤다. 가옥과 벽이 쏟아지는 물의 무게를 견디지 못하고 무너졌고, 여자들과 아이들이 가축과 함께 물에 휩쓸렸다. 어자의 집과 과수원만 멀쩡했다.

며칠이 지나도 하늘은 여전히 우중충했다. 방 천장에 난 구멍으로 새벽빛이 새어 들어왔다. 희미한 불빛 아래 어자 아읍은 아름다운 풀로 모서리가 장식된 큼직한 거울 앞에 섰다. 뒷머리보다 앞머리가 더 희끗희끗해 보였다. 그녀는 양 갈래로 나눈 머리를 앞에서 땋아 다시 뒤로 넘겼다.

그녀에게는 초록색과 노란색 실로 짠 고운 아락친araqchin[46] 모자가 있었다. 그녀는 흰머리가 그대로 드러나게 모자를 쓴 다음 꽃무늬 린넨 스카프로 모자를 감싸고 방에서 나갔다. 닭들이 밖으로 나와 온갖 먹이를 쪼며 마당을 누비고 있었다.

어자는 부엌에서 파티르pateer[47] 두 덩이를 식탁보에서 싸고, 물을 채운 병 입구를 가죽 조각으로 묶었다. 그녀는 밀 창고에서

46 얇은 골무 모양의 모자.

47 발효하지 않은 반죽에 기름을 섞어 만든 납작한 빵.

삽과 곡괭이를 가져온 다음 당나귀를 헛간에서 끌고 나왔다. 그녀는 당나귀 등에 음식과 수로를 파는 데 필요한 도구를 올렸다.

그녀가 골목을 걸어 내려갈 때 마을은 아직 잠들어 있었다. 그녀는 홍수로 손상된 양쪽 벽을 보고 한숨을 지었다. 뿌리가 드러난 나무들도 있었다. 새벽 어스름에 어렴풋이 보이는 논밭도 납작하게 텅 비어 있었다. 모든 게 물에 쓸려 갔다. 어자는 진흙탕이 되어 버린 길을 따라서 조심스레 당나귀를 산으로 이끌었다.

산기슭에 다다라 당나귀에서 내린 그녀는 마을에서 그녀가 있는 곳까지의 거리를 눈대중으로 쟀다. 그녀는 당나귀 안장에서 삽과 곡괭이를 꺼내고 히잡을 단단히 조인 뒤 소매를 걷고 산비탈의 끝을 향해 걸었다. 어자는 곧 땅을 파기 시작했다.

그녀는 깊은 밤 다시 집으로 돌아왔고, 아침 기도를 알리는 소리에 잠이 깼다. 어자는 연장과 함께 간단히 요기할 볼라니를 당나귀 안장에 챙겨 다시 산으로 향했다.

며칠이 지나 주민들은 어자의 부재를 눈치챘다.

“어자 아읍에게 뭔 일이라도 있나? 어디 계시지?”

“셔 알보르즈 산기슭에서 봤는데요.” 젊은 양치기 샤비르Shabir가 말했다. “며칠 동안 거기 계셨어요.”

“거기서 뭘 하시는데?” 여자들이 되물었다.

“땅을 파고 계셨어요.”

“땅을 파?”

"큰 배수로를 파시던데요."

그들은 어자의 과수원과 집만 빼고 마을에 엄청난 피해를 안긴 홍수를 기억해 냈다.

"어쩌면 그분 말이 맞는지 몰라." 샤비르의 엄마 퍼질라Fazila가 말했다.

어자가 집에 오니 마을 여자 서너 명이 그녀의 집 안뜰에 앉아 있었다. 어자는 인사를 건네고 당나귀를 묶었다.

"얼굴 보기 힘드네요." 샤비르의 엄마가 말했다.

어자는 그녀들 사이에 앉았다. "매일 산에 가. 할 일이 있거든."

퍼질라가 어자에게 차를 건넸다. "내일은 저도 함께 갈게요."

어자는 고개를 저었다. "아니. 자네는 밭을 갈아야지. 내 일은 내가 알아."

"여자 혼자 그렇게 큰 배수로를 어떻게 파요?" 퍼질라가 물었다.

어자는 대답하는 대신 자신의 부엌을 둘러보았다. 여자들이 이미 그녀의 부엌을 정리해 놓은 것 같았다. 그녀들은 어자를 위해 음식과 차도 준비해 스토브 위에 올려 두었다.

이튿날 아침, 어자는 평소보다 일찍 길을 나섰다. 멀리서 인기척이 들렸지만 그녀는 일하느라 여념이 없었다. 그녀가 몸을 돌리자 퍼질라와 다른 여자 두 명이 소떼를 끌고 오는 모습이 보였다. 그녀들의 소몰이꾼 아들들은 보이지 않았다. "아이들은?" 어자가 물었다.

"밭 갈라고 마을에 남겨 두고 왔어요. 어르신들에게 밭 가는 법을 가르쳐 달라고 부탁했죠."

여자들은 풀을 뜯게 소떼를 풀어놓은 다음 곡괭이를 들고 어자의 뒤에서 땅을 파기 시작했다.

둘째 주까지 열다섯 명이 더 와서 어자를 도왔다. 그녀들은 수로를 넓혔고 길이도 몇 배나 더 늘였다. 점심시간이 되면 그녀들은 바닥에 큰 천을 펼쳐 요구르트, 차카chakka[48], 버터, 삶은 달걀을 놓고 둘러앉았다. 그녀들의 점심에는 늘 웃음꽃이 만발했다.

퍼질라가 그간의 성취를 굽어보다가 물었다. "지금까지 얼마나 팠죠, 어자?"

"육백 미터는 팠겠지."

"우리가 이 모든 걸 해내다니." 퍼질라는 믿기 힘든 듯 눈을 동그랗게 떴다.

"우리가 해냈지. 칼릴 촌장은 아무것도 할 수 없다고 했지만 말이야." 어자가 말끝에 웃음을 터뜨렸다. "일이 끝나면 그 인간 표정부터 보고 싶군."

그녀는 히잡을 느슨하게 풀고 여자들에게 말했다. "우리가 함께 하면 얼마나 더 많은 일을 해낼 수 있을지 상상해 봐요."

11월 중순이 되자 다시 폭우가 쏟아졌다. 수로 파는 일을 완

48 수분을 최대한 없앤 농축 요구르트.

수하지는 못했지만 어자는 몰려드는 먹구름을 보고 여자들을 서둘러 마을로 돌려보냈다. 폭우는 그칠 기미가 보이지 않았다.

"힘들게 일한 보람이 있을까요?" 누가 걱정스러운 목소리로 물었다.

"기다리면서 지켜볼 수밖에."

그녀들은 이른 오후에 마을에 도착했다. 빗줄기는 더 거세어졌고 홍수도 이미 들이닥쳤다. 하지만 그녀들은 천둥처럼 쏟아지는 물줄기가 자신들이 판 수로로 내려가면서 경작지를 피해 물의 흐름을 바꾸는 광경을 지켜보았다. 수로로 모든 물줄기를 돌리지는 못해도 물길 대부분이 강으로 흘러갔다. 유속이 너무 강해 수로 옆이 깎이면서 폭이 넓어지는 것까지는 그녀들도 어찌할 수 없었다. 홍수가 난 뒤에는 마을 여자들 거의 전부가 수로 작업에 동참했다. 그녀들은 순번을 정해 일을 분담했다. 수로는 몇 달 만에 드디어 완성되었다.

폭우는 다시 쏟아졌다. 하지만 수로를 통해 습지에 갇힌 물은 마을을 피해 전부 강으로 흘러 들어갔다. 더 많은 홍수가 들이닥쳐도 물은 강으로만 흘렀다. 그녀들은 감격에 휩싸였다. 마을로 돌아온 남자들도 여자들이 해낸 일을 보고 놀라움에 사로잡혔다. 그들은 어자와 여자들이 그렇게 큰 수로를 팠다는 사실을 믿지 못했다.

"왜 못 합니까?" 어자가 야심 찬 목소리로 말했다. "우리는 밭을 갈고, 당신의 아이들을 키워요. 매일 우물에서 물도 길어 오구요. 여자들이 함께하는데 작은 수로 하나 파는 게 뭐가 힘듭니까?”

20. 빨간 장화The Red Boots

니머 가니Naeema Ghani

당신의 장화가 무슨 색인지는 중요하지 않다. 빨간색인지 검은색인지 파란색인지. 당신이 고른 드레스나 노트, 우산도 마찬가지다. 중요한 건 당신이 무엇을 직접 골랐다는 사실이다. 나는 장화 한 켤레를 골랐다.

그때 나는 여덟 혹은 아홉 살이었다. 엄마가 아빠에게 하는 말을 들었다. "딸의 겨울 신발이 하나도 없어요. 어제 보니까 갖고 있는 신발이 다 해졌지 뭐예요." 나는 신발이 찢겼는지도 몰랐다. 어쨌든 나는 그 신발을 좋아하지 않았다. 그 신발은 너무 빽빽해서 발이 아팠다.

아빠가 나를 보고 말했다. "그래. 내일 가서 편안하고 따뜻한 겨울 장화 한 켤레 장만하자." 아빠는 우리가 울적해 보일 때마다 새 옷이나 새 신발을 사 주겠다고 약속하곤 했다. 우리 가족에게는 새 물건을 살 돈이 없었지만, 아빠는 빈말로라도 우리 기분을 풀어주려고 애썼다.

그래도 가끔 이드Eid[49]나 새 학년이 시작될 때는 물건을 사기도 했다. 아빠가 신발을 사 줄 때는 추위나 더위에 상관없이 늘 신을 수 있는 것을 고르려고 애썼다. 우리 다섯 자매는 옷이 거의 해질 때까지 물려받아 입곤 했지만, 이번에 아빠는 정말 새 신발을 한 켤레 사 줄 것 같았다. 엄마의 부탁도 있었고, 그땐 나도 울적하지 않았으니까. 울적하지도 않은 기분을 달래기 위해 아빠가 그런 말을 했을 리는 없었다.

이번 겨울에 나는 파리다Farida 언니가 입다가 작아진 파란 외투를 물려받을 예정이었다. 엄마가 말했다. "네 아버지에게 새 신발 이야기도 꺼내 볼게. 그러면 겨울에 다른 건 살 필요가 없을 거야." 나는 옷에 그다지 신경 쓰는 편이 아니었기 때문에 별로 개의치 않았다.

이튿날 아빠는 약속한 대로 나를 데리고 물건을 사러 나갔다. 우리는 아주 천천히 시장으로 걸었다. 어깨가 넓고 힘이 센 아빠는 늘 흰 셔츠와 바지에 무채색 외투를 입었다. 아빠는 어릴 때 다리를 다쳤는데, 민간요법으로 치료를 받다가 뼈가 굽었다. 아빠는 다리를 절었고, 그래서 나에게 아빠는 특별했다. 사람들 속에서도 나는 아빠를 찾을 수 있었다. 시장에서도 아빠를 잃어버릴

49 종교적 금식 기간인 라마단이 끝났음을 축하하는 이슬람교도들의 명절.

염려는 없었다.

물건을 살 때마다 우리는 같은 가게로 갔다. 아빠의 친구들이 많은 곳이었다. 나만 그렇게 느꼈는지 몰라도 시장 상점의 주인들은 대부분 나이가 많았다. 어쩌면 아빠가 젊은 가게 주인들을 피했는지도 모르겠다. 우리가 가게로 들어가면 상인들은 오랫동안 아빠에게 이런저런 말을 늘어놓곤 했다. 물건값이나 그날 온 손님들에 관한 이야기였다. 그들은 요새 젊은이들이 불만투성이라며 고개를 내젓기도 했다.

***

진흙으로 된 건물 1층과 2층에 있는 중고 시장은 늘 북적거렸다. 오래된 가게에서는 냄새가 났다. 습기 찬 신발 가죽에서 나는 특이한 냄새는 유달리 거슬렸다. 샌들, 신발끈, 밀랍과 솔 따위를 파는 상인들은 우렁찬 소리로 고함치며 손님을 끌어모았다. 자신들이야말로 가장 싼 값에 물건을 파는 상인들이라고 그들은 소리쳤다. 직접 만든 볼라니와 병아리콩을 맛보라고 유혹하는 상인들도 있었다. 고무신이 쌓인 카트는 피해서 걸어야 했다. 차들이 경적을 울리며 아주 조금씩 나아갔지만, 사람들에게 경적 소리는 상인들의 호객과 섞여 불협화음이 될 뿐이었다.

아빠가 앞섰고, 나는 몇 걸음 뒤에서 아빠를 따라 걸었다. 이미 가게 몇 군데를 돌고 나서 지친 데다가 이 시장에서는 괜찮은 신발을 찾을 수 있을 것 같지 않았다. 아빠가 그저 친구들과 수다 떨기 위해 시장에 나를 데려온 것처럼 느껴질 때도 있었다.

우리는 또 다른 가게로 향했다. 계단 밑에 있는 상점으로 들어가려면 몸을 숙여야 했다. 나는 심드렁하게 주위를 둘러보았다. 신발들은 낡고 색이 바래 있었다. 하지만 그때 벽에 박힌 못에 매달린 빨간 장화 한 켤레가 눈에 들어왔다. 알록달록한 고무장화를 본 적은 있지만 빨간 가죽장화를 본 건 처음이었다. 낡은 헝겊으로 안을 채워 목을 세운 중고 장화는 아름다웠다. 빨간 가죽에서 빛이 났고, 금속 단추가 달린 빨간 스웨이드로 되어 있는 장화의 목도 마음에 들었다. 장화는 내 무릎까지 올 것 같았다. 나는 장화에 완전히 매료되었다.

나는 바로 이 장화를 신고 집에 갔을 때 파리다가 보일 반응을 상상했다. 그리고 아침에 이 장화를 신고 아파트 앞에 섰을 때 다른 아이들이 보일 반응도. 아무리 노력해도 다른 사람은 찾을 수 없는 뭔가를 내가 발견한 듯했다. 그게 바로 중고 시장의 묘미였다. 시장 전체를 뒤져도 이렇게 마음에 꼭 드는 물건을 찾을 수는 없을 것이다.

아빠는 장화를 흘깃거린 뒤 다른 가게에 가 보자고 했다. 하지만 나는 아빠를 잘 알았다. 내가 조르면 아빠도 관심을 보일 것이다. 나는 확신에 차서 말했다. "아니요, 아빠. 저 장화가 마음에 들어요." 나를 보던 가게 주인이 아빠에게 시선을 돌렸다. 아빠는 마지못해 고개를 끄덕였다. "형님, 저 빨간 장화 좀 보여 주세요."

때때로 어른들은 너무 실용성만 따진다. 그들은 철저하게 목적과 기능에 부합하는 상품만 원한다. 어른들에게 골판지 상자는 물건을 저장하는 도구일 뿐이다. 골판지 상자 안에 들어가 놀 수도 있고, 상자로 장난감 자동차나 인형의 집을 만들 수도 있다는 사실을 보여 주려면 어린아이가 나서야만 한다. 어른들에게 겨울 장화는 편안하고 따뜻해야 하는 게 전부지만 아이들에게는 다른 중요한 고려 사항이 많다. 장화는 눈밭에서 미끄럼을 탈 때도 유용할뿐더러 친구들에게 자랑하기도 딱 좋다.

늙은 가게 주인은 주름진 손을 떨면서 장화 안에서 헝겊을 빼고 아빠에게 건넸다. 낡은 신발은 바닥이 반질반질해서 눈밭을 걷기는 힘들어 보였다. 아빠는 장화를 찬찬히 살펴보고 손바닥으로 크기를 쟀다. 잠시 고민하던 아빠가 말했다. “아무래도 이 신발로 올겨울을 나긴 힘들겠구나.” 나는 뾰로통하게 입을 닫았고, 아빠는 마지못해 장화에 발을 넣어 보라고 했다.

장화에서 빛이 났다. 난생처음으로 예쁜 물건을 가질 수 있게 된 것 같았다. 장화는 내 정강이까지 올라왔다.

“어때? 너한테 맞아?” 아빠가 물었다.

내 발에 맞는 크기인지는 알 수 없어도 그 장화를 갖고 싶어 하는 마음만은 확실히 알았다. 나는 발만 뚫어져라 보면서 아무 말도 하지 않았다. 아빠가 무릎 꿇고 장화 코를 누르더니 고개를 저었다. “아니야. 발가락이 꽉 끼잖아. 맞는 장화가 아닌 것 같구나. 발이 아플 거야.” 무뚝뚝하게 아빠가 말했다. “다른 가게로 가자."

내가 장화를 신어 보는 동안 가게 주인은 말을 멈추지 않았다. 시장 전체를 뒤져도 이런 품질 좋은 장화는 찾을 수 없다는 둥 가격을 깎아 주겠다는 둥 자신에게 물건을 산 사람은 반드시 단골이 되어 돌아온다는 둥…….

아빠는 조금 더 간곡하게 설득해 보려는 상인에게 장화를 돌려주었다.

"맘에 안 들어요?"

"보다시피 딸 발에 너무 작잖아요."

"아우님, 그래도 이 장화 가죽은 엄청 부드럽잖아요. 애가 맘에 든다는데, 그러지 말고 한 켤레 사 줘요."

아빠는 그 말을 못 들은 척했다. 아빠가 내 손을 잡고 나가며 주인에게 말했다. "아직 어린애잖아요. 더 추워지면 또 신발을 사 달라고 조를 게 뻔합니다. 방한용으로도 안 되겠어요."

하지만 나는 계속 우겼다. "아녜요, 아빠. 잘 맞아요. 발이 하나도 안 아프다니까요."

아빠의 눈에서 짜증을 읽히기 시작했다. 가게에서 나왔지만 내 마음은 여전히 빨간 장화와 함께 가게 안에 있었다. 나는 다른 신발들은 신어 보지 않겠다고 했다. 아빠는 그곳 상인들의 언변까지 빌려 다른 장화들의 장점을 설득하려고 애썼지만 나는 꿈쩍도 하지 않았다. 나는 패배를 인정할 생각이 없었다. 한낮이 지나도 우리는 여전히 시장을 배회하고 있었다. 결국 아빠가 나를 물끄러미 바라보며 말했다.

“그래. 네가 원하는 걸 말해 봐.”

나는 전혀 망설이지 않았다. “빨간 장화요.”

다시 아빠를 따라 그 가게로 돌아갔다. 가게 주인은 우리를 기다리고 있던 것 같았다. “아이가 이 장화를 좋아한다고 말했잖소.” 아빠는 말없이 얼굴만 찡그렸다. 아빠는 다시 장화를 내 발에 신겨 주면서도 발에 맞지 않아 겨우내 고생할 거라는 말만 반복했다. 하지만 나는 모든 각도에서 만족스럽게 발을 살펴보았고, 아빠도 결국 내 마음을 바꾸지 못했다. 성취의 순간이 다가왔다. 나는 아빠가 사 준 장화를 자랑스럽게 들고 가게에서 나왔다.

* * *

집에 도착하자 파리다 언니가 가장 먼저 가방 안을 들여다보았다. 언니는 아빠에게 쪼르르 달려갔다. “아빠, 저도 똑같은 장화를 사 주세요!”

파리다는 뭐든지 나보다 잘했다. 수학은 물론이고 물건 고르는 것도 언니가 나았다. 언니는 안목이 좋은 데다가 나무 인형을 만들어 직접 옷을 입힐 만큼 손재주도 좋았다. 모두가 언니를 좋아했다. 선생님과 동네 이웃 모두. 나는 심지어 언니의 이름도 내 이름보다 예쁘다고 생각했다. 내가 언니보다 나은 걸 스스로 골라서 갖게 된 건 이번이 처음이었다.

아빠가 지친 목소리로 말했다. "알겠다. 다음엔 파리다 널 데리고 갈 테니까 일단 물 한 잔만 다오. 쟤는 정말 고집불통이더구나. 어쩔 수 없이 저 장화를 사 줬어." 아무리 시장을 이잡듯이 뒤져도 내 장화처럼 멋진 신발은 찾을 수 없으리라고 나는 확신했다. 나는 자신 있게 파리다에게 말했다. 올겨울에 이렇게 멋진 장화를 가진 여자애는 나밖에 없을 거라고.

나는 새벽 일찍 눈을 떴다. 설렘에 잠을 설쳐 긴 밤을 뜬눈으로 지새웠다. 나는 아침을 먹고 옷을 입은 뒤 빨간 장화 전체가 잘 보이도록 파르툭partoog[50] 밑단을 장화 안으로 넣었다. 드디어 나는 장화를 신고 밖으로 나갔다.

아무도 바뀐 내 모습을 눈치채지 못한 듯했다. 나는 사람들의 관심을 끄는 법을 잘 몰랐다. 친구들에게 다가가는 대신 나는 벽 옆에 서서 마음이 상한 척 연기하기로 했다. 확실히 이렇게 하니 소녀들이 관심을 보이기 시작했다. 나를 향한 시선은 곧 장화로 옮겨갔다. 아이들이 한 명씩 다가와 탄성을 질렀다. "우와! 우와!" 아무리 아이들이 내 주위로 몰려들어도 나는 평소처럼 행동하려고 노력했다.

"장화가 너무 예쁘다!"

"새로 샀어?"

"응. 어제 아빠랑 시장에 가서 샀지."

---

50 파슈툰 민족이 입는 통이 넓고 발목만 조이는 바지.

결국 나는 조곤조곤 모든 이야기를 들려주었다. 아빠는 장화를 마음에 들어 하지 않았지만 내가 우겨서 샀다고. 나는 온종일 장화에 관해서만 조잘거렸다.

그런데 저녁부터 발가락이 아팠다. 이튿날 아침에는 장화를 신는 것 자체가 힘들었다. 발이 부은 듯했다. 극심한 고통을 참고 나는 장화를 신은 채 걸으려고 애썼다. 발가락과 뒤꿈치가 불타는 것만 같았다.

그사이 겨울 방학이 되었다. 아이들은 이런저런 놀이를 했지만, 나는 발이 아파서 놀이에 집중할 수 없었다. 심지어 '발 편한 사람이 승자'라고 벽에 쓰고 싶을 지경이었다. 여자아이들은 자꾸 뒤처지는 나와 같은 팀이 되고 싶어 하지 않았다. 그래도 어쩔 수가 없었다. 인기 많은 빨간 장화를 신고 발이 아파서 빨리 뛰지 못한다고는 절대 인정하고 싶지 않았다. 나중에는 걷기도 힘들어졌다. 나는 작은 보폭으로 천천히 걸어야만 했다. 친구들과 사방치기를 하다 갑자기 멈춰 내 차례를 포기하는 일도 생겼다. 나는 마당 구석에 앉아서 장화를 벗었다. 발에는 온통 물집이 잡혀 있었다.

나는 눈밭에서 미끄럼 타는 걸 제일 좋아했다. 뒷사람이 몸을 웅크리고 준비를 마치면 앞사람이 손을 잡고 팔을 뒤로 쭉 뻗은 채 눈밭을 달리는 놀이였다. 뒤에서 그저 발을 모으고 앞사람이 당기는 대로 따라가기만 하면 되었지만 이 놀이를 할 때도 나는 어김없이 넘어졌다. 낡은 장화의 바닥이 너무 미끄러워 균형을 잡기가 힘들었다.

장화를 신고 벗는 일조차 쉽지 않았다. 바닥을 쾅쾅 굴러야 발을 집어넣을 수 있었고, 무자비하게 힘껏 당겨야 겨우 장화를 벗을 수 있었다. 언젠가 물웅덩이에 뛰어들어 장화 안으로 물이 들어왔고, 그 이후로 상황은 더 나빠졌다. 습기가 마르면서 장화는 전보다 더 꽉 꼈다. 나는 누구에게도 말하지 않았다. 오직 신과 나만 그 장화가 준 시련을 알고 있었다.

***

겨울이 끝나고 새 학년이 되었다. 날씨가 풀리면 빨간 장화의 계절도 결국 끝나고 말 것이다. 하지만 나는 그렇게 장화를 보내고 싶지 않았다. 아빠가 처음 사 준 그 순간처럼 장화를 여전히 아끼고 사랑했다.

학교에서는 매해 열리는 새해 축하 행사를 준비하고 있었다. 시 암송을 연습하던 우리는 가족과 선생님, 친구들 앞에서 공연할 수 있기를 바랐다. 올해는 여러 학년이 모인 합창단 공연 명단에 내 이름이 올랐다. 단원 스무 명은 매일 노래를 연습했다. 우리는 푸른 하늘을 노래하는 그 곡을 이미 외우고 있었고, 합창단이 단정하게 정돈되어 보이길 원했던 선생님은 키 순서대로 우리를 줄 세웠다.

축제 날 나는 아침 일찍 일어났다. 검은 교복을 입고 머리에 하얀 히잡을 두른 뒤 빨간 장화를 신고 학교에 갔다. 운동장은 사람들로 북적거렸다. 우리는 혹시 축제 준비에 미흡한 점이 있지는 않은지 챙겼다. 학생들은 대사를 잊어버리지 않게 연습을 반복했고, 안정적인 발성을 위해 목을 풀었고, 또 머리를 매만졌다.

우리는 자리에 서서 차례를 기다렸다. 합창단의 순서는 마지막이었다. 그때 어떤 언니가 내 장화를 흘깃거리며 말했다. "얘, 다 비슷비슷한 신발을 신었는데 너만 빨간 장화를 신었잖아. 우리 모두 비슷하게 보여야 한다구."

그녀의 목소리가 선생님의 귀에도 들어갔는지 선생님이 우리 쪽을 살피기 시작했다. "큰소리 내지 마. 선생님이 들으면 날 합창단에서 뺄지도 몰라." 어쩔 줄 몰라 하는 나를 보고 친구가 말했다. "걱정하지 마. 아직 시간 있으니까 다른 애랑 신발을 바꿔 신으면 돼."

흔히 있는 일이었다. 우리 학교에서 여학생들과 남학생들은 늘 신발을 바꿔 신곤 했다. 특히 운동화가 비쌌기 때문에 모두가 신발을 갖춰 신으려면 이렇게 하는 수밖에 없었다. 하지만 나는 망설였다. 어떻게 내 장화를 다른 학생에게 준단 말인가. 내가 직접 고른 빨간 장화를. 합창단에서 내 자리를 잃더라도 장화를 바꿔 신지는 않으리라고 나는 다짐했다.

드디어 무대 위에 오를 시간이 되었다. 나는 몹시 초조해하며 걸음을 옮겼다. 혹시 합창단에서 나를 제외할까 봐 선생님에게서 시선을 뗄 수 없었다. 그런데 선생님이 정말 내 쪽으로 다가왔다.

선생님이 내 어깨에 손을 올리고 말했다. "넌 여기 남아."

자리를 잃은 내게 선생님은 빙그레 미소 지으며 마이크를 쥐여 주었다.

"이걸 들고 합창단 앞에 서면 돼."

모두 지정된 자리에 서 있고 나만 혼자 그들의 앞에 있었다. 선생님은 내 어깨를 잡고 관중을 바라보도록 몸을 돌렸다. 어느새 나는 합창단의 리더가 되어 있었다. 곧 노래가 시작되었다. 나는 전교생이 지켜보는 가운데 내가 고른 빨간 가죽 장화를 신고 새해의 시작을 축하하는 노래를 부르며 자랑스럽게 무대 위에 서 있었다.

21. 꽃송이Blossom

자이납 아클러기Zainab Akhlaqi

학기가 시작되기 전 사과나무 아래에서 교육부 장관을 비웃던 시절이 있었다. 우리는 종이와 펜을 놓고 앉아 시위를 준비하면서 녹차를 마시고 있었다. 나는 괜찮은 시위 구호를 생각해 냈다.

교육부 장관은 각성하라! 우리의 교사와 책은 어디에 있는가?

하지만 샤흐르버누Shaherbano가 나를 놀렸다. 나는 아랑곳하지 않고 다른 의견을 또 냈다.

무능한 장관은 자신이 한 약속도 못 지킨다!

나는 내 머리에서 나온 시위 구호들이 마음에 들었지만 샤흐르버누는 웃음을 그치지 못했다. 심지어 그녀는 히잡으로 눈가를 훔치기도 했다.

"넥바크트Nekbakht, 좀 그럴듯한 구호를 말해 봐. 장관의 심기를 거스르는 것 말고."

"교장 선생님이 시위를 허락해 줬을 때 장관이 비위나 맞추라고 하시든?" 내가 되받아쳤다.

"일단 장관의 관심을 끌어야 우리가 원하는 걸 알리잖아."

마침내 우리는 이렇게 쓰기로 결정했다.

장관님, 우리는 교사를 원합니다! 장관님, 우리는 책을 원합니다!

장관에게 전달할 사항을 우리끼리 더 많이 의논하긴 했지만 구호로 옮기지는 않았다. 샤흐르버누가 말했다.

"내가 교육부 장관이 되면 교육 받지 못하는 여자아이가 한 명도 없게 만들 거야."

웃음을 터뜨리던 나와 다르게 마주보고 있던 샤흐르버누의 얼굴은 사뭇 진지했다. 나도 따라서 정색하고 말했다.

"그렇지만 샤흐르버누, 그건 망상에 가깝지 않을까? 내년에 학교를 마치면 그걸로 우리 공부는 끝이야. 그런데 어떻게 네가 교육부 장관이 되겠니?"

샤흐르버누는 정원의 꽃으로 눈길을 돌렸다.

"이 꽃송이들을 꼭 기억해 둬. 단언컨대 언젠가 나는 교육부 장관이 돼서 집집마다 찾아다니며 딸들을 학교에 보내라고 설득할 거야. 내 말에 따르는 소녀들에게는 펜과 노트를 나누어 주겠지. 그 아이들이 박사가 될 때까지 펜과 노트를 주겠어."

"너 지금 나랑 펜과 노트를 나눠 쓰는 게 지긋지긋하단 얘기를 하고 싶은 거니?" 내 놀림에 이번에는 그녀의 얼굴에도 미소가 떠올랐다.

"넌 정말 장난꾸러기야, 넥바크트."

그때 엄마의 사나운 목소리가 들렸다. 엄마는 얼른 집에 와서 카펫 짜는 일이나 끝내라고 다그쳤다. 사실 부모님이 파는 카펫을 짜야 해서 나는 꽤 자주 학교에 가지 못했다. 나도 모르게 얼굴이 구겨졌다.

"친애하는 장관님, 저는 이만 가야겠습니다. 안 그러면 엄마가 소리칠 거예요. 학교는커녕 양치기한테 시집이나 가라고."

"너희 엄마는 우리 엄마 말에도 귀 기울이시지 않는구나, 그렇지?"

샤흐르버누가 말했다.

"내가 뭔 말을 하겠니? 우리 엄마는 한쪽 귀는 벽에 다른 쪽 귀는 문에 붙이고 사는 것 같아. 온종일 남들 입에 오르내릴 것만 신경 쓴다니까."

"그래도 조금만 더 말씀드려 볼 수 있지 않을까?"

"그게 무슨 의미가 있겠니? 지금 당장은 내 결혼을 언급하지 않아도 돈이 떨어지는 순간 바로 입에 올릴 거야."

"내가 도울 수 있는 게 있었으면 좋겠다."

"넌 정말 소중한 친구야. 내가 아직 학교에 다니는 것도 다 네 덕분이지."

사실이었다. 내가 좌절에 빠져 학교에 가지 않으려고 할 때마다 샤흐르버누는 천사처럼 나타나 진창에 빠진 차를 꺼내듯 나를 바깥으로 이끌었다. 이 시위도 그녀가 나를 도우려고 노력하던 와중에 떠올린 계획이었다.

***

어느 날 누가 내 일손을 빌리겠다고 부모님을 방문했다. 그날 나는 결국 학교에 가지 못했다. 샤흐르버누가 수업이 끝난 후 나를 찾아왔다. 빨갛게 부은 내 눈을 보고 그녀가 다그쳤다.

“왜 학교는 안 오고 울고 있어? 오늘 역사랑 지리 수업이 있던 것 몰랐니?”

나는 그녀의 말을 잘랐다.

“역사든 지리든 상관없어. 아프가니스탄 지리에는 더 관심이 없구. 어차피 이 나라 역사에는 잔인한 전쟁과 분쟁, 탈레반밖에 없잖아. 다른 지역에서 태어났으면 더 좋았을 텐데.”

샤흐르버누는 내 말에 잔뜩 화가 난 듯했다.

“우리 민족이 글을 읽을 줄 모르기 때문에 벌어진 일이잖아. 왕들과 장관들조차 문맹이었으니까. 그래서 그들은 읽고 쓰는 게 아니라 싸우는 것밖에 하지 못했지. 백성들은 그 무지의 북소리에 맞추어 춤이나 췄구. 이제 사람들은 탈레반이 달라졌다고 하는데, 책을 읽지도 않고 어떻게 바뀔 수 있겠니? 책을 읽지 않는 사람이 어떻게 바뀔 수 있겠냐구? 부모들이 모두 교육을 받았다면 너처럼 여자아이들이 곤경에 처하는 일 따위는 없었을 거야. 우리가 사는 이곳도 계속 위험에 노출되지 않았겠지. 넥바크트, 우리 역사는 바뀌어야만 해."

나는 그녀의 말을 믿었다. 하지만 똑같이 변화를 원함에도 불구하고 나는 늘 내가 직면한 문제에 비하면 터무니없이 작은 존재처럼 느껴졌다. 나는 아무 말도 하지 않았다.

샤흐르버누가 나를 바라보며 물었다.

"이번에는 누구였어?"

"부모님은 양치기 코더더드Khudadad와 결혼시키려고 하셔."

"그래도 아직 결혼한 건 아니잖아. 그 사람들은 그냥 잠깐 네 일손을 빌리러 온 것뿐일 거야. 네가 공부를 마치면 너희 부모님도 마음을 바꾸시겠지. 우리 엄마를 통해서 너희 어머니께 말씀드려 볼게."

나는 깊이 숨을 들이쉬고 그녀를 안았다.

"사랑하는 자매, 네가 없으면 난 어쩌지?"

그 말은 진심이었다. 나는 아버지의 사촌 코더더드에게 양 냄새가 나서 결혼하기 싫다고 했을 때 아버지가 날 때리려고 했던 사실을 그녀에게 털어놓았다. 그녀는 언젠가 학생들이 화학 선생님께 사랑의 정의를 물었던 때를 떠올려 보라고 했다. 그때 선생님은 사랑이 원소와 같다고 하셨다.

"너희들이 어떤 대상을 보고 좋아하는 감정을 품으면 그게 바로 사랑이란다."

샤흐르버누가 물었다.

"네 사랑은 뭐니, 넥바크트?"

"딴 건 몰라도 코더더드가 내 사랑이 아니란 사실은 확실해."

내 말에 우리 둘 다 웃음을 터뜨렸다.

샤흐르버누는 우리집에 와서 수업 내용을 함께 복습해 주기도 했다. 가끔 내가 다음 날 결석하지 못하게 일부러 자신의 책을 흘리고 가기도 했다.

* * *

어느 순간, 교사들이 다시 학교에서 사라졌다. 교장 선생님은 학교에 교사가 한 명도 남지 않는 날이 올지도 모른다고 경고했다. 나는 샤흐르버누에게 말했다.

"이번 생에 제대로 공부하긴 글렀나 봐."

그녀는 내 손을 잡고 교장실로 이끌었다.

"뭐 하는 거야?"

"같이 가 보면 알겠지."

교장 선생님은 서류를 넘겨 보고 있었다. 그녀는 온화하게 우리를 바라보았다.

"무슨 말을 하러 왔니?"

샤흐르버누는 교사와 책을 요구하는 시위를 조직해도 되는지 물었다. 교장 선생님은 돋보기를 벗고 미소 띤 얼굴로 말했다.

"그래도 돼. 너희들이 성공하길 바란다."

샤흐르버누는 기뻐하며 꼭 성공하겠노라고 다짐했다. 교장실을 떠날 때까지는 아무 말도 하지 않았지만 나는 불가능한 계획을 세우려는 샤흐르버누를 비난했다.

"우리가 그런 걸 어떻게 조직하니?"

하지만 샤흐르버누가 나에게 확신을 심어 주었고, 나는 겁 많은 스스로가 부끄러워졌다.

그리하여 우리는 사과나무 밑에 앉아 교육부 장관에게 전하는 시위 구호를 고안하게 되었다. 우리는 포스터를 만든 다음 인쇄소에 가서 다른 반 소녀들에게도 나누어 줄 복사본을 인쇄했다. 교장 선생님이 경찰에게 시위를 허가받도록 도와주었고, 학교 경비들에게도 우리를 돕도록 지시했다. 선생님은 후미진 카불의 변두리까지 와서 시위를 취재할 기자들도 물색했다. 그들은 변두리로 가는 수단을 찾느라 고심했을 것이다. 하지만 아무도 아직 어떤 일이 벌어질지 모르고 있었다.

* * *

나는 부모님이 시위 참가를 극구 반대하리라는 걸 알았기 때문에 미리 허락을 구하지 않았다. 샤흐르버누의 결단력에 나도 옮은 것 같았다. 나를 때릴 수는 있어도 부모님이 나를 죽일 수는 없을 것이다. 나는 샤흐르버누와 길에서 만났다. 우리는 도로 한복판에 서서 운행하는 차들의 통행을 막고 구호를 외쳤다. 나는 피 대신 신성한 힘이 내 핏줄에 흐르는 것을 느꼈다. 교사와 책을 보내 달라고 부르짖는 동안 내 몸은 행복에 전율했다.

구호를 외칠 때마다 사람들의 시선이 우리에게 꽂혔다. 우리의 심장에서 울려 퍼지는 목소리들은 슬픔과 고뇌의 티끌로 가득 차 있었다. 우리는 짧은 구호에 수많은 소녀들의 희망을 담아 외쳤다. 그 순간 나는 누구도 내 앞길을 막거나 미래를 뺏을 수 없다고 느꼈다. 내 스스로가 그만큼 강해진 게 틀림없었다. 한 시간 동안 시위를 하고 나는 사이드 알슈하더Sayed ul-Shuhada 고등학교에서 온 다른 소녀들과 함께 앉았다. 뙤약볕에 지친 탓인지 우리의 흥분도 조금씩 가라앉았다.

엄마는 무척 화난 듯 보였다. 엄마는 당신이 알고 있는 모든 방법을 동원해서 나를 나무랐다. 텔레비전에 나오는 여자아이와는 아무도 결혼하고 싶어 하지 않는다고도 했다. 지친 나는 엄마에게 맞서지 않았다. 나는 그저 매질을 피하고 싶은 마음뿐이었다.

이튿날, 나는 샤흐르버누를 기다렸다. 꽃이 활짝 핀 나무 아래로 그녀가 내 결석의 이유를 물으러 오기만을. 나는 코더더드 가족이 내가 시위에 참가한 사실을 알고 아버지에게 학업을 중단시켜야 한다고 충고한 사실을 이야기했다.

"샤흐르버누, 너는 계속 공부해서 교육부 장관이 되면 좋겠어. 나 같은 여자아이들의 문제를 해결하는 데 큰 도움이 될 거야."

나는 그녀에게 내 교복과 학용품도 가져가서 쓰라고 했다.

"제발 포기하지 마."

샤흐르버누는 내가 동의만 해 주면 직접 우리 아버지와 이야기를 나눠 보겠다고 했다. 그녀는 또 그날 경찰이 학교에 왔다고 알려 주었다. 그녀는 경찰이 와서 교사와 책이 없는 게 사실인지 확인해 간 것 자체가 굉장히 고무적이라고 했다. 그녀가 옳았다. 어떤 식으로든 우리의 목소리는 그들에게 가 닿은 것 같았다.

* * *

그다음 날도 학교에 가지 못한 나는 나무 아래에서 샤흐르버누를 기다렸다. 그런데 갑자기 귀가 먹먹해질 정도의 굉음이 들렸다. 소리의 정체를 파악하기도 전에 또 다른 폭발음이 들렸다. 폭발음과 총성은 계속 이어졌다. 나는 이웃들의 목소리가 들리는 동안 미동도 하지 않고 그 자리에 얼어붙어 있었다. 사람들은 학교가 공격 당했다고 했다.

나는 샤흐르버누부터 떠올렸다. 학교로 달려가며 혼잣말을 중얼거렸다. 이상한 생각은 하지 말자. 샤흐르버누에게는 아무 일도 없었을 테니까. 땅이 내 다리를 아래로 잡아당기는 것만 같았다. 내가 있던 곳에서도 이미 거대한 먼지구름과 연기가 보였다. 학교에 가까워질수록 나는 자욱한 먼지와 연기, 옷 조각과 살점들이 마구 뒤섞인 모습에 숨을 쉬기 힘들었다. 나는 목구멍으로 고통을 삼키고 빨리 현장을 지나쳐 학교로 들어가려고 애썼다. 발 딛는 모든 곳에 피가 흘렀다. 도랑에 흐르는 물도 핏빛으로 물들어 있었다.

사람들이 시체들을 둘러쌌고, 사방에서 울음과 절규가 쏟아져 나왔다. 반쯤 그을린 벽 옆에는 책과 가방이 쌓여 있었다. 벽에는 '새로 판 우물'이라고 적힌 오래된 표지판이 걸려 있었다. 아프가니스탄 여학생들의 꿈을 모두 담을 수 있을 만큼 깊게 판 우물이었다. 사람들은 피 묻은 소지품과 아이들의 잔해를 모았다. 나는 책과 노트를 훑으며 샤흐르버누의 것은 보이지 않기만을 간절히 기도했다.

아무리 찾아도 샤흐르버누의 흔적은 없었다. 그녀는 부상을 입고 병원으로 실려갔는지도 몰랐다. 나는 사상자를 이송해 간 병원으로 갔다. 그곳은 이미 혼돈에 지배당한 듯했다. 온 사방이 부상자로 넘쳤고, 흰 천으로 덮인 시체가 줄지어 늘어서 있었다. 간혹 실종자를 찾는 사람들이 천을 하나씩 들췄다. 천을 들어올릴 때마다 혼잣말을 읊조리는 노인이 보였다.

"내 딸은 괜찮을 거야. 얼마나 착한 앤데. 암, 괜찮구 말구."

하지만 마지막 시체 앞에서 그는 혼절하고 말았다. 나도 무너질까 봐 두려웠지만 간신히 버티고 서 있었다.

근처 침대에 누운 여자는 자그마한 시체를 품에 안고 있었고, 구석에 있는 어린 소년은 얼이 빠져 시체 옆에 앉아 있었다. 나는 소년에게 다가가 어떻게든 말을 건네려고 애썼다.

"누나였니?"

갈라진 입술 사이로 소년의 쉰 목소리가 들렸다.

"여동생이요."

"엄마 아빠는?"

"다른 병원에 다친 여동생이 또 있어요. 엄마는 그 애랑 같이 있고, 아빠는 누나를 찾고 있어요."

고통이 목을 짓눌렀다. 아이를 달랠 방도가 없다는 사실을 깨닫는 순간 테러범들을 향해 극심한 분노가 치밀어 올랐다. 돌아서서 눈물을 훔치며 주위를 둘러보니 병원 한쪽 벽에 붙은 명단이 눈에 들어왔다. 명단에는 사망자, 부상자, 목격자들의 이름이 뒤섞여 있었다. 명단을 훑어봐도 샤흐르버누의 이름은 없었다.

나는 다른 병원도 가 보았지만 그녀의 이름은 없었다. 결국 나는 세 번째 병원으로 향했다. 샤흐르버누의 생존에 대한 확신이 점점 강해졌다. 하지만 결국 나는 세 번째 병원의 사망자 명단에서 그녀의 이름을 발견했다.

이름이 일치하는지 확인하기 위해 서너 번 반복해서 그녀의 이름을 읽고는 그만 벽에 기댄 채 정신을 잃고 말았다. 다시 정신이 돌아와도 방금 본 샤흐르버누의 이름을 기억하고 또 실신해 버렸다. 몇 번이나 그게 되풀이됐는지 모른다.

문득 샤흐르버누가 내 사랑의 정의가 무엇인지 묻던 날이 떠올랐다. 그제야 나는 깨달았다. 내 사랑은 바로 그녀였고, 또 그녀와의 우정이었음을. 그녀는 나를 위해 너무 많은 것을 베풀어 주었다. 죽음도 그녀의 꿈을 막지 못할 것이며, 나는 그녀의 꿈을 헛되게 하지 않으리라고 다짐했다.

그날 밤 우리 가족은 침묵 속에서 밥을 먹었다. 애꿎은 감자만 만지작거리다가 내가 먼저 입을 열었다.

"내일 학교로 돌아갈래요."

나는 한쪽 눈으로 엄마를, 다른 쪽으로는 아버지를 흘깃거렸다. 등줄기를 따라 식은땀이 흘렀다. 아니나 다를까, 엄마가 무기력하게 말했다.

"코더더드가……"

하지만 아버지가 엄마의 말을 끊었다.

"이 아이 아버지가 나야, 코더더드야? 이 아이는 학교로 돌아갈 거야. 우리가 얼마나 살지는 아무도 모르잖아. 가라. 가서 네가 원하는 삶을 살아."

나는 어안이 벙벙해졌다. 샤흐르버누가 옳았다. 어려움에 맞서도 불굴의 정신을 보여 주면 되는 일이었다. 이틀 후, 나는 검은 교복을 입고 흰 히잡을 두른 뒤 가방에 노트를 가득 넣었다. 나는 정원에서 꽃송이가 달린 새 가지를 꺾어 학교에 갔다.

이 단편은 2021년 5월 8일에 일어났던 실제 사건[51]*을 바탕으*

51 사이드 알슈하더Sayed ul-Shuhada는 열악한 환경 속에서도 배움의 꿈을 이어오던 소수민족 하자라Hazara의 여학생들이 다니던 고등학교였다. 2021년 5월 8일, 이슬람국가ISIS로 추정되는 세력의 폭탄 테러 공격으로 여학생 다수를 포함한 85명의 사망자가 발생했다.

로, 카불 다쉬테 바르치Dasht-e-Barchi에 있는 사이드 알슈하더Sayed ul-Shuhada 고등학교 학생들을 비롯한 아프가니스탄의 여학생들을 위해 창작되었다.

22. 하스커의 결심Haska's Decision

라너 주르마티 Rana Zurmaty

아침해가 곧 떠오를 것이다. 하스커Haska는 반죽 항아리를 들고 타누르tanoor[52] 가까이에 앉는다. 그녀는 반죽을 둥글게 만든 뒤 손가락을 물그릇에 담그고 반죽이 원을 그릴 때까지 납작하게 편다. 그녀는 진흙 화덕 깊숙이 몸을 숙여 차파티chapatti[53]를 타누르 안쪽 벽에 붙인다.

랑가Wranga가 곱슬거리는 금발을 얼굴에 늘어뜨리고 들어와 한 손으로 졸린 눈을 비빈다.

"엄마! 아빠가 내 비스킷 갖고 왔어요?"

"아니. 야간 근무 때문에 아직 안 오셨어. 자고 있다가 아빠가 오시면 알려 줄게."

52 진흙으로 만든 화덕. 안쪽 벽에 반죽을 붙여 빵을 굽는다.

53 납작한 빵.

"싫어. 엄마 옆에 있을래."

"그래. 그럼 여기로 와. 다들 자고 있으니까 큰소리 내면 안 돼."

랑가는 엄마의 종아리에 머리를 누인 채 머리카락을 가지고 장난친다. 하스커는 지치고 굶주린 남편이 집으로 돌아와도 요기할 음식이 없다는 사실을 떠올린다. 정말 빵과 차가 전부다. 젖소에게서 짠 우유가 좀 있을 테고. 오늘은 그래도 약국에서 봉급 받는 남편이 이번 주에 먹을 식료품을 가져올 것이다.

어린 랑가는 그녀의 다리에 기대어 조용히 잠들어 있다. 딸을 내려다보다가 하스커는 갑자기 허공을 가르는 총성에 화들짝 놀란다. 총성은 너무 가까이에서 들린다. 또 한 번의 총성이 울려 퍼지자 랑가가 하스커의 팔에 와락 안긴다. 그들은 새들이 나무에서 달아나는 소리를 듣는다. 하스커는 딸을 꼭 끌어안는다.

"신이시여, 자비를 베푸소서! 이번엔 누구를 쐈을까?"

시집 식구들이 황급히 방에서 나와 소리가 들리는 쪽으로 향한다. 발이 불편한 하스커의 시어머니는 다른 식구들을 따라가기 힘들다는 사실을 깨닫고 손자를 부른다. 그녀는 손자에게 냉수 한 잔을 부탁하고 남편에게 말한다.

"가서 누구를 죽였는지 확인해 봐요."

그녀는 큰아들에게도 부인과 아이들을 놔두고 아버지를 따라가라고 손짓한다.

하스커의 시아버지는 고무신을 신고 집을 나선다. 랑가는 하스커에게 계속 안겨 있다. 하스커는 방에 가서 시계를 본다.

"7시나 됐는데 이 사람은 왜 아직 집에 안 오지?"

그녀가 혼잣말을 중얼거린다.

자멀Jamal이 할머니에게 물을 드리고, 하스커의 시어머니가 물을 다 마시기도 전에 남자들이 시체를 들고 마당으로 들어온다. 시어머니는 콜록거리며 물을 뱉는다.

"누구야? 누군데 우리집에 들여?"

공포에 질린 시어머니의 목소리가 커진다. 하스커의 시아버지는 바닥에 숄을 펼치고 시체를 눕힌다. 죽은 남자의 파란 옷은 피로 얼룩져 있고 호주머니도 찢겨 있다.

시어머니가 절규하기 시작한다. 하스커는 제자리에 그대로 얼어붙는다. 랑가가 시체로 뛰어간다.

"아빠! 내 비스킷 갖고 왔어요?"

아이는 고사리손으로 그의 가슴팍을 밀며 시체를 움직여 보려고 한다.

"아빠가 비스킷을 안 가져왔어. 나한테 거짓말했나 봐."

아이는 시체의 가슴을 계속 두드린다.

"아빠, 아빠!"

마을 사람들이 몰려든다. 하스커의 친정어머니도 왔다. 친정어머니는 하스커를 안고 딸의 얼굴을 때려서라도 정신을 차리게 하려고 애쓴다. 하지만 하스커는 아무런 반응도 보이지 않는다. 그녀는 부처처럼 말없이 꼿꼿하게 서 있을 뿐이다. 어쩔 수 없이 어머니는 하스커의 팔을 붙잡고 남편의 시체로 그녀를 끌고 간다.

하스커는 무릎을 꿇는다. 피투성이가 된 남편은 눈을 감고 있다. 하스커는 심장 옆에 보이는 총상 위에 손을 올리고 그녀의 머리를 그의 가슴에 댄다. 아무것도 들리지 않는다. 그녀는 그의 얼굴을 만지고 이마에 입맞춤한 뒤 자신의 히잡으로 핏자국을 닦아 준다. 그녀의 눈에 눈물이 고인다. 그러다 갑자기 그녀는 울부짖으며 자신의 얼굴을 때린다. 그 광경을 본 여자들이 손으로 입을 가리고 소곤거린다.

"정말 뻔뻔한 여자네. 부끄러움을 몰라. 제 남편 때문에 사람들 앞에서 눈물을 쏟다니."

"아이고. 저러면 안 되는데."

"지금까지 우리 마을에서 저런 여자는 본 적이 없어."

시어머니가 하스커의 친정어머니를 쏘아본다. 그녀는 표정으로 이미 말하고 있다.

"하스커를 방으로 데리고 가세요."

친정어머니가 딸의 팔을 잡아도 하스커는 움직일 마음이 없다. 그녀는 남편의 손을 잡고 애원한다.

"제발, 이 사람에게서 날 떨어뜨리지 마세요. 날 그냥 내버려두란 말이에요."

친정어머니 혼자 하스커를 일으킬 수 없어서 다른 여자들이 그녀를 돕는다. 여자들은 하스커를 방으로 데리고 간다. 친정어머니는 딸을 붙잡고 이야기를 나눠 보려고 한다.

"네 마음이 어떤지 안다. 그래도 만인 앞에서 우리를 수치스럽게 만들지는 말아 다오. 다들 네 이야기를 할 거야. 스스로 남의 입에 오르내리진 마라."

하스커가 충혈된 눈으로 어머니를 바라본다.

"전 모든 걸 잃었어요. 찬란했던 내 인생이 어둠에 잠식돼 버렸는데, 어머니는 남들 입에 오르내리는 것만 신경 쓰네요."

하스커는 벽에 머리를 기댄 채 천장을 바라본다. 그녀의 입술이 가만히 움직인다.

"랑가와 자멀, 그 애들은 어떻게 되려나."

그녀는 급히 밖으로 나가 아이들을 찾는다. 그녀는 시어머니가 아이들을 남편의 시체로 데려온 것을 본다. 시어머니가 손주들에게 말한다.

"너희 아버지는 죽었다. 봐라. 지금이 마지막 기회야. 앞으로 다시는 못 볼 게다."

하스커는 달려가 아이들을 품에 안는다. 어린 랑가가 고사리손으로 엄마의 눈물을 닦으며 말한다.

"아빠한테 일어나서 내 비스킷 좀 가져오라고 해요."

남자들이 수의와 관을 들고 온다. 남편은 순교자이기 때문에 염을 할 필요가 없다. 그들은 남편이 입은 옷 위에 수의를 두르고 관 속에 시신을 넣는다. 남자 네 명이 어깨에 관을 짊어진다. 하스커와 아이들이 관을 따라가는 모습을 보고 여자들이 다시 소곤댄다.

"아이고. 남사스러워라! 저러면 안 되는데."

하지만 하스커는 개의치 않는다. 처참히 무너진 것은 다른 사람이 아니라 바로 그녀의 세계니까.

* * *

모든 게 끝났다. 남편은 땅에 묻혔고, 하스커는 과부가 되었다.

2주 동안 탐색 기간이 끝나자 여기저기서 남자들이 찾아온다. 그들은 금발에 푸른 눈을 가진 하스커와의 결혼을 꿈꾸며 서로 경쟁한다. 교육을 받은 적은 없어도 남편은 그녀의 총명함과 고운 마음씨를 무척이나 아꼈다. 부부는 그렇게 어려운 시절을 금슬 좋게 헤쳐 나갔다. 하스커는 남자들이 그녀의 이다iddat[54]가 끝나기만을 기다리는 것을 안다. 하스커는 그들이 먹잇감을 덮칠 때를 기다리는 야생 동물처럼 느껴진다.

혼자만의 시간이 생기면 하스커는 방으로 가서 벽에 걸린 남편의 사진을 본다. 가족들은 가끔 죽은 남편과의 대화에 깊이 몰입한 그녀의 웃음소리를 듣는다. 그들은 그녀가 미쳐 간다고 생각한다. 하지만 하스커는 죽은 남편을 너무 열렬히 사랑했다. 누가 자신을 부르지 않으면 그녀는 남편과의 대화를 멈추지 않는다.

---

54 사망 또는 이혼으로 남편을 잃은 여자가 재혼하기까지 기다리는 기간.

그녀는 그를 처음 본 순간을 회상한다. 7년 전 그날, 어머니는 여동생을 친구 집으로 보내 그녀를 데려오게 했다.

"하스커! 아버지가 언니와 굴 칸Gul Khan의 결혼에 동의했어. 어머니가 집으로 오래."

그때는 웃어야 할지 울어야 할지 몰랐다. 친구들이 놀리는 바람에 그녀는 얼른 집으로 뛰어갔다. 동생 레쉬미나Wreshmeena가 그녀에게 귀띔해 주었다.

"창문으로 그 남자가 보일 거야. 바로 창문 맞은편에 앉아 있거든."

하스커 뒤에서 동생이 물었다.

"어때? 마음에 들어?"

하스커는 남편의 사진을 보며 미소 띤 얼굴로 답한다.

"그날 흰 카미즈[55]에 검정 조끼를 받쳐 입은 모습이 너무 멋졌어요."

창문으로 엿보는 동안 어머니가 자매들 뒤에 나타났다. 어머니는 자매들을 쫓아냈다.

"이런 부끄러움도 모르는 녀석들 같으니라구. 방으로 가! 너희들을 누가 보기라도 하면 어떡해. 얼른."

하스커가 남편의 사진을 보며 추억에 잠겨 있을 때, 랑가가 들어와 그녀를 현실로 되돌린다.

55 아프가니스탄 전통 복장. 긴 셔츠에 넓은 바지를 받쳐 입는다.

"엄마! 큰아버지가 비스킷을 가져왔는데 나한테는 하나도 안 줘요."

"왜?"

"큰아버지 자식들 주려고 가져왔으니까 난 과부 어머니한테 달라고 하래요. 근데 엄마, 과부가 뭐예요?"

하스커의 몸이 떨린다.

"커서 학교에 가면 알게 되겠지."

"할아버지가 허락할까요?"

"그걸 왜 막겠니. 네 아버지는 네가 학교에 가길 바라셨단다. 6살이 되면 엄마가 네 소원을 들어줄게."

하스커는 답할 수 없는 질문이 랑가의 입에서 더 튀어나오기 전에 자리에서 일어난다. 부엌을 가로질러 걷는데 아주버니가 그녀를 마당으로 부른다.

"하스커! 이리 와서 얘기 좀 들으세요."

하스커는 히잡으로 얼굴의 반을 가리고 가족들이 모여 있는 마당으로 향한다. 친정어머니를 보니 마음이 놓인다. 아주버니가 입을 연다.

"여기 계신 분 모두 제 말을 잘 들으세요. 하스커가 저와 결혼하지 않으면 동생의 아이들에게 돈 한 푼 주지 않을 겁니다."

하스커는 기가 막힌다.

"아주버니, 도대체 누가 그러던가요? 제가 재혼한다고. 자멀의 아버지가 세상을 떠난 지 넉 달도 안 됐어요. 아직 애도 기간도 안 끝났잖아요.”

“아뇨. 나는 재혼하고 싶어 하는 제수씨의 마음은 잘 알아요. 마을 모든 남자들이 당신의 재혼 상대를 보려고 기다리죠. 당신한테 재혼 생각이 없는데 왜 모든 남자들이 당신 결혼에 그렇게 큰 관심을 두겠어요? 똑똑히 들으세요. 하스커는 나와 결혼할 겁니다. 나 말고 다른 남자와 재혼해야 할 만큼 나는 불명예스러운 인간이 아니란 말입니다.”

시어머니는 자신의 의견을 보태서 대화를 마무리짓는다.

“당연하지. 이게 우리 문화야. 과부는 남편의 형제와 결혼해야 하지. 하스커는 아직 젊은 데다가 아이들을 먹여 살릴 능력도 없으니 남은 인생을 혼자 살 수는 없어. 애도 기간이 끝나고 적당한 때가 되면 니카nikah[56]를 할 거야.”

히잡을 두르고 있지만 하스커의 목소리는 더 커진다.

“어머니, 그게 무슨 말씀이세요? 저는 재혼하지 않아요.”

그녀를 노려보던 아주버니가 마당을 떠난다. 시부모님의 얼굴에도 수심이 가득하다. 친정어머니가 그녀에게 속삭인다.

“인생을 네 멋대로 살려고 하지 마라. 이게 우리의 관습이잖니. 이웃을 봐. 남편의 형과 재혼한 그 여자는 지금 행복하게 살아.”

하스커는 자신의 방으로 달려간다. 그녀는 남편의 사진을 내

56 신랑과 신부가 결혼에 동의한다고 말하는 결혼 서약.

려서 품에 안은 뒤 접혀 있던 매트리스에 사진을 기대어 놓는다. 자멀이 그녀를 따라 방으로 들어와 말한다.

"엄마, 큰아버지가 하시는 말씀 들었어요. 엄마가 큰아버지와 결혼하지 않으면 누가 우리를 먹여 살려요?"

"아들, 여기 옆에 와서 앉으렴. 신이 우리를 보살필 테니 그런 생각은 할 필요가 없단다. 신은 운명대로 우리를 이끄실 거야."

"그럼 비스킷은 더 못 먹어요?"

문가에서 랑가가 묻는다. 하스커는 애써 웃어 보려고 한다.

"신이 허락하시면 비스킷도 먹을 수 있겠지. 오늘 말고 다른 날."

하스커는 아래로 숙어지는 딸의 머리를 본다.

"엄마가 비스킷 구워 줄 테니 걱정 마."

* * *

얼마 후 하스커는 부엌으로 걷다가 인기척을 듣고 마당을 내다본다. 랑가가 잔뜩 쌓인 빨랫감을 놓고 큰 대야 앞에 앉아 있다. 아이는 고사리손으로 옷을 빨려고 한다. 하스커가 급히 아이에게 달려간다.

"뭐 하고 있어? 이 빨랫감은 다 어디서 났구?"

"다 빨면 큰어머니가 나랑 자멀에게 달걀을 하나씩 준다고 했어요."

하스커는 팔을 잡고 딸을 일으켜 세운다. 랑가의 작은 손은 뜨거운 물 때문에 벌게졌다. 아이의 옷도 젖었다. 하스커는 딸 앞에서 눈물을 보이지 않으려고 애쓴다. 그녀가 애써 밝게 말한다.

"가서 옷 갈아입고 놀아. 엄마가 먹을 걸 좀 만들어 줄 테니까."

하스커는 부엌에서 형님 자이납이 자식들에게 밥 먹이는 모습을 본다. 하스커는 말없이 찬장에서 달걀 두 개를 집는다. 하지만 자이납이 달걀을 낚아채며 말한다.

"가져가도 된다는 허락은 받았어? 내 남편이 산 달걀이니 넌 가져갈 수 없어."

"형님, 제 아이들은 아침부터 쫄쫄 굶었어요. 벌써 해질 시간이잖아요. 전 이 달걀 안 먹어요. 애들 먹이려고 요리하는 거라구요. 랑가는 밥을 먹으려고 빨래까지 하고 있었어요. 그 고사리손으로. 어떻게 어린아이한테 그런 일을 시킬 수 있죠?"

"난 옳은 일을 한 것뿐이야. 집안일을 가르쳐야 걔도 다른 집으로 얼른 시집가지. 시집가서도 우리 얼굴에 먹칠하면 안 되잖아."

"형님, 걘 아직 어려요. 뭘 먹을 때도 여기저기 다 묻힌다구요. 결혼하려면 멀었어요."

"가. 네 애들 줄 달걀은 없으니까. 네 남편도 모자라서 이젠 내 가족한테도 불운을 주려고 해?"

소란 때문에 늙은 여자들이 부엌으로 몰려든다. 하스커가 목청 높여 말한다.

"당신 남편이랑 결혼 안 한다는 말을 도대체 몇 번이나 반복해야겠어요?"

"네가 아무리 그래도 내 남편 마음이 안 바뀌잖아. 하스커, 넌 과부처럼 굴지 않는다구. 젊은 아가씨처럼 웃음을 흘리고 돌아다니면서 남자들을 홀리지. 처신 똑바로 해. 네 웃음소리 안 들리게."

"형님, 전 제 아이들과 웃는 거예요."

"누구랑 웃든지 내 알 바 아니야. 여하튼 네가 내 남편을 홀렸다구."

하스커는 마당에 있는 우물을 향해 걷는다. 친정어머니와 시어머니가 그녀를 부르며 뒤따른다. 하스커가 우물 안으로 머리를 넣는 순간 친정어머니가 재빨리 그녀의 팔을 잡아당긴다.

"뭐 하는 거야?"

하스커는 여전히 입을 닫는다. 그녀는 우물에서 길은 찬물을 얼굴에 끼얹고 컵 두 개에 물을 가득 채운다. 그녀는 자멀과 랑가를 부른 뒤 자멀에게 이웃집에서 빵을 좀 얻어 오라고 시킨다. 하스커는 두 아이를 방으로 데려간 다음 빵을 둘로 나눠 한 덩이씩 주고 아이들 앞에 물컵을 놓는다. 조용한 자멀과 다르게 랑가는 작은 입으로 조잘거리며 불평을 늘어놓는다.

"엄마, 달걀 요리는 왜 안 했어요."

하스커는 갑자기 화가 난다.

"입 다물고 먹어. 먹기 싫으면 가서 자든가."

랑가의 입꼬리가 밑으로 처진다. 아이는 빵을 한 입 먹고 물을 마신 뒤 벽에 기대어 잠든다. 자멀은 빵을 삼키려고 부단히 애쓰는 눈치다.

문이 천천히 열리더니 친정어머니가 들어와 하스커의 옆에 앉는다. 그녀는 하스커의 손을 잡고 차분하게 말한다.

"도대체 왜 이러니? 왜 남들 입에 오르내려 불행을 자초해? 네 형님과 아주버니가 네 험담을 하고 다닌단다. 그래도 아주버니는 괜찮은 편이니까 두말 말고 재혼해. 애들에게 아버지가 생기면 사람들도 더는 널 탓하지 못할 거야."

자멀이 담요를 가져와 눕는다. 얼굴을 담요로 덮은 아이는 잠들지 못하고 대화에 귀를 기울인다.

하스커는 자신의 입장을 설명하려고 애쓴다.

"애들한테 새아버지를 만들어 주고 싶은 마음 없어요. 난 자멀의 아버지에게 충실하고 싶다구요. 과부로 불리는 게 행복하지 다른 누구의 부인으로 불리고 싶지 않아요."

"남은 인생 혼자 살려구?"

"혼자는 아녜요. 아이들이 있잖아요."

하스커는 잠든 아이들을 보며 한숨을 내쉰다.

"제가 나가서 일하겠어요."

"너는 읽고 쓸 줄도 모르는데 어떻게 일을 해?"

"몰라요. 그래도 찾을 거예요. 어떤 일이든 해서 돈을 벌 거예요."

"하스커, 우리 가문의 여자들은 일해 본 적이 없단다. 시집 식구도 마찬가지일 거야. 도대체 무슨 일을 하려고 해?"

하스커는 대화를 지속하고 싶지 않다.

"머리가 너무 아파서 자야겠어요. 어머니도 여기서 주무세요."

심한 두통에 시달리던 그녀는 히잡을 머리에 두른다. 그런데 그녀의 귀가 히잡의 끝매듭에 걸리는 순간 그녀는 문득 매듭에 달려 있던 동그란 추를 떠올린다. 하스커는 매듭을 풀어 그녀가 까맣게 잊고 있던 돈을 찾는다. 그날 밤 남편이 약국에 가면서 안전하게 보관하라고 건넸던 돈이다. 하스커는 죽은 남편에게 고마움을 표하고 돈을 센다. 한 달 생활비로는 충분하지만, 생계를 유지하려면 여전히 더 나은 방법이 필요하다.

* * *

아침이 오기도 전에 하스커는 친정어머니를 깨운다. 그녀는 어머니에게 돈을 보여 주면서 비스킷을 구워 팔려는 계획을 설명한다.

"그러면 어머니가 옆집 너디르Nader 아저씨네 가게에서 비스킷을 팔 수 있는지 알아봐 주세요."

"근데 누가 집에서 구운 비스킷을 사겠니?"

“지금은 그것밖에 안 떠올라요. 도와주세요. 신을 믿고 시도해 보자구요.”

어머니는 딸의 결연함을 보고 돈을 받는다.

“좋아. 그런데 재료는 어디서 구하지?”

“다들 자고 있을 때 이웃들에게 물어봐요.”

새벽 4시에 어머니는 옆집에 간다. 문을 열어준 이웃은 그녀에게 밀가루와 기름, 우유, 소두구를 준다. 어머니는 값을 치르고 하스커에게 돌아온다. 하스커는 이미 화덕에 불을 피워 놓고 있다. 그녀는 아침 기도가 시작되기 전에 비스킷을 구워 어머니에게 건넨다.

“너디르 아저씨에게 팔 수 있는 만큼 많이 팔아 달라고 전해 주세요. 수익은 반반으로 나눈다고도 얘기하구요.”

어머니는 가게로 가서 딸의 불행을 구구절절 이야기하며 돈이 필요한 사정을 설명한다.

“그냥 가게 카운터에 비스킷을 놓고 누가 사는지만 보면 안 될까요?”

가게 주인은 마음이 약해진다.

“여기 두고 저녁에 돌아오세요. 다른 건 그때 얘기합시다.”

아주버니는 또다시 하스커를 괴롭힌다.

“그래서 얼마나 더 굶을 작정이오? 어떻게 살아남으려구? 스스로 자비를 베풀고 싶지 않다면 애들 처지라도 생각해 봐요. 애들도 배를 곯잖아.”

그가 랑가에게 말한다.

"너희 어머니가 내가 말한 대로만 하면 지금 당장 아침밥을 주마."

하지만 이번에는 시어머니도 아들을 말린다.

"이렇게까지 하진 마라. 애들이 아직 어리잖니. 너무 힘들 거야."

온종일 하스커는 초조하게 손을 비비며 마당의 양 끝을 오간다. 안절부절못하던 그녀는 소리를 듣고 급히 대문으로 달려간다.

친정어머니는 걱정 가득한 딸을 안심시키며 미소 짓는다.

"한시름 놔도 되겠다. 비스킷을 다 팔았어. 여기, 네 돈."

"이렇게나 많이요? 천 아프가니나 되는데."

"아저씨 몫은 다음부터 받겠대. 너한테 계속 비스킷을 구우라고 하더구나. 사람들이 집에서 만든 비스킷을 아주 좋아한단다."

시어머니가 다가와 그녀들이 그토록 들뜬 이유를 묻는다.

"어머니, 애들 생활비를 마련할 수 있게 됐어요. 이제 아주버니와 재혼하지 않아도 돼요."

하스커는 시어머니에게 자초지종을 설명한다. 옆에서 그 말을 듣던 아주버니가 분노에 휩싸여 소리친다.

"우리의 전부나 다름없는 평판을 하스커 당신이 망치다니. 가게 주인들과 어울리는 당신 때문에 우리는 더 수치스러워질 거야. 어머니, 뭐라고 말씀 좀 해 보세요."

"얘가 너하고 결혼하기 싫다는데 왜 그렇게 강요하니? 그런 결혼으로는 아무도 행복해지지 않는다. 얘가 집에서 구운 비스킷을 자멸이 가게에 가지고 가면 네 평판이 망가질 일은 없어."

아주버니는 당혹감을 감추지 못한다.

"이제 저 여자하고 나는 아무 상관도 없어요. 나한테는 죽은 여자나 다름없습니다. 집 밖에서 일하는 여자는 절대 믿으면 안 돼요."

하스커는 그 말에 그저 쓴웃음을 짓는다.

23. 에어컨 좀 켜 주세요

Please Turn the Air Conditioning on, Sir

마리얌 마흐주바 Maryam Mahjoba

에어컨 좀 켜 주세요.

하미드Hamed가 이렇게 외치면 주위 승객들 모두 즉시 불만을 토해 내거나 그를 조롱할 것이다. 매섭게 추운 날씨에는 좁은 승합차 안에 바짝 붙어 앉는 게 오히려 다행이라고 하면서. 도로에 차가 늘고 교통 체증이 심해질수록 뜨거운 기운이 목덜미에서 온몸으로 퍼져 나가며 그의 몸은 땀으로 더 축축해진다. 그는 벽돌을 잔뜩 실은 트럭이 옆에 멈추는 순간 몸을 움츠린다. *저 트럭에 가스나 석유라도 가득 실렸다면*……. 그는 천장에 달린 손잡이를 강하게 움켜쥐고 옆 좌석으로 얼굴을 돌린다. 두려움과 분노, 고통을 감출 만한 어색한 미소조차 짓지 못한 상태로. 그는 옆 좌석 쪽에 있는 상점이나 자동차를 응시하는 척한다. 옆에 앉은 승객이 왜 그렇게 얼굴을 잔뜩 찌푸리고 자신을 쳐다보느냐고 따지며 싸움을 걸어오지 않도록. 몸이 뜨거워질수록 그의 향수 냄새가 붐비는 차 안으로 스며들며 담배 냄새, 기름 냄새, 그리고 먼지와 마구 뒤섞인다.

피할 방도가 없다. 왼쪽 창문으로 짐을 가득 실은 트레일러가 보인다. 그의 오른쪽에는 승객들이 겹겹이 앉아 있고, 도로를 가득 메운 차들도 느릿느릿 줄지어 움직인다. 자동차들 너머로 식료품점들이 보인다. 가게 안에는 쌀과 기름이 쌓여 있고, 밖에는 빨갛고 노란 사과, 석류, 오렌지가 잔뜩 쌓여 있다. 알록달록한 과일들이 생기를 불어넣는다. 식당에서는 케밥 익는 연기가 느리게 피어오르다가 흩어진다. 식당 위층에는 카페가 있는데, 연기 때문에 간판이 검게 그을려 있다.

실루Silo[57]가 눈에 들어온다. 실루 건물은 엄청 높아서 산의 실루엣을 모두 가릴 정도다. 사람들은 여태껏 노란색과 흰색을 제외한 다른 색으로 칠해진 실루 건물을 본 적이 없다고 했다. 그곳 제빵사들이 출퇴근하는 모습도. 지난 18년 동안 이 길을 왕래한 그도 실루에서 일하는 사람을 만나거나 본 적은 없었다. 괜히 당혹스러워진 그는 깊은숨을 내쉰다. 인도는 사람들로 붐빈다. 살과 피부, 혈관, 피로 이루어진 사람들. 기쁨, 슬픔, 소망, 신을 향한 열망으로 가득 찬 사람들.

사람들이란 푸른 핏줄에 검은 머리카락을 가진 존재지. 검은

57 카불에 있는 공영 제빵공장.

빛, 초록빛, 푸른빛 눈동자와 피로 가득 찬 주머니 같은 존재, 세파에 시달려 까맣게 타 버린 심장을 안고 슬픔과 우울로 가득 찬 존재, 숫자가 적힌 종이 몇 장에 희망과 기쁨을 느끼며 인생은 아직 살 만하다고 신께 감사하는 존재.

승합차 바깥에서 기념품 파는 남자들과 아이들의 입에서 연기처럼 입김이 뿜어져 나온다. 추운 날씨 탓인지 모두가 담배를 피우는 것 같다. 그들은 지금 혹은 잠시 후 그와 함께 폭발해 버릴지 모르는 군중이다. 피로 가득 찬 혈관, 뇌와 신경으로 채워진 머리와 함께 그들은 곧 사라져 버릴지도 모른다. 문득 아침에 먹으려고 냉장고에 넣어 둔 치즈 조각이 떠오른다.

내일 아침까지, 아니, 그 이후에도 치즈는 남아 있을까. 내일 아침은 오지 않을지 모른다. 달콤한 차와 치즈를 음미할 아침은 영원히 오지 않을지 모른다.

그는 벌써 28일 동안 사무실로 출근했고, 이제 이틀만 지나면 월급을 받을 것이다. 이틀만 지나면. 아무 이유 없이 이 도로 혹은 이 차 안에서 어쩌면 피로 가득한 그의 혈관은 갈기갈기 찢겨 날아갈지도 모르지만, 어쨌든 이틀만 지나면 그의 월급은 은행으로 이체될 것이다.

양쪽 주머니를 뒤져 봐도 손수건이 없다. 그는 외투 안주머니에서 분홍색 실로 배를 수 놓은 청록색 손수건을 꺼내 이마와 목덜미의 땀을 닦는다. 굴바허르Gulbahar 센터[58]에서 삼천 아프가니를 주고 산 향수 냄새가 손수건에 배어 있다. 작은 향수병은 여전히 향수로 가득하다. 피와 희망으로 가득 찬 사람들처럼. 문득 그는 이 모든 것을 감당하기 힘들어진다. 갑자기 산산조각 나 버릴 몸과 죽음에 대한 불안만이 아니다. 만약 나중에 그의 아들이 껌을 팔거나 마약 중독자가 되고, 딸은 구걸해야만 한다면…….

오, 신이시여. 당신에게서 안식을 찾나이다. 모든 고아와 거지는 하늘에서 떨어지지 않았습니다. 그들은 버려졌습니다. 사람들에게 버려졌습니다. 그들이 흘린 피의 반은 땅으로 스며들었고, 나머지 반은 물에 씻겨 내려갔습니다. 가장 붐비는 묘지에 있는 순교자들처럼 그들은 씻기지도 않은 채 묻혔습니다.

하늘은 청명하고 어디선가 산들바람이 불어온다. 겨울 해가 아름다워 죽음 따위는 생각하고 싶지도 않은 날이다. 추위에도 불구하고 학교 골목은 사람들로 북적인다. 흰 차도르와 화려한 외투로 검은 셔츠를 반쯤 가린 소녀들이 솜사탕 파는 남자 주변에 모여 있다. 먼저 솜사탕을 맛본 소녀들의 입술과 혀가 분홍빛으로 물든다. 달콤한 분홍 솜사탕처럼 어린 시절의 추억이 그의 가슴 속에서 사르르 녹아내린다. 어머니들은 어린아이들의 손을 잡고 학교로 이끈다. 승합차는 이제 학교 앞에 멈춘다. 북쪽에서 불어오는 바람이 그의 땀을 식힐 무렵 핸드폰이 울린다.

---

58 카불에 위치한 비즈니스 센터.

"여보세요. 하미드, 무탈하지?"

"응. 잘 도착했어."

"풀레 차르키Pul-e Charkhi에서 폭발 사고가 있었나 봐. 안부 확인 차 전화했지. 무사히 도착했구나."

"풀레 차르키는 내가 지나는 길이 아니지만, 그래도 고마워."

그가 학교로 들어간다. 비서 케이르 무함마드Kheir Mamad가 달려온다.

"좋은 아침입니다. 교장 선생님. 어떤 분이 아침 일찍부터 교장 선생님을 기다리면서 저를 아주 곤란하게 하지 뭐예요. 글쎄, 애들이 전학을 가겠다면서 애들 아버지가 서류를 가지고 왔어요."

하미드는 그들이 이 학교에 만족하지 못하느냐는 질문을 굳이 던지지 않는다. 그는 안다. 공립학교에서는 누구도 그런 질문을 하지 않는다는 사실을. 학생의 입장에 귀 기울이는 건 사립학교뿐이다. 양질의 교육을 받겠다고 공립학교를 꾸준히 다니는 학생은 없을 것이다. 어쩌면 학생의 아버지는 다른 지역으로 이미 이주했는지도 모른다.

그가 서류를 확인한다. 러비아 발키Rabia Balkhi. 그 가족은 커르테 세Kart-e-Say 혹은 커르테 차르Kart-e-Char로 이주했다. 그는 이제 그들이 셋집을 얻었는지 주택담보대출로 집을 샀는지 궁금해진다. 비서가 졸업 기념으로 학생이 가져온 차와 초콜릿을 내온다. 하미드는 붉은 포장지에 싸인 초콜릿과 그 안에 들어 있는 견과류를 기억한다.

점심시간이다. 사무실 문을 여닫을 때마다 볶은 양파 냄새가 밀려온다. 허기로 입 안에 침이 고인 하미드가 비서에게 묻는다. "오늘 점심은 뭔가?" 비서가 겸연쩍게 답한다. "가난한 학생들의 급식이야 뻔하죠. 감자 카레." 하미드는 전학을 승인하고 서류를 비서에게 돌려준다.

비서가 자리를 비우자 그는 홀로 남는다. 차를 마시며 쉬는 동안 불현듯 혼돈과 불안이 다시 엄습한다. 오늘 그의 심장은 도무지 쉴 수가 없다. 차 맛도 평소 같지 않다. 악마들이 그를 뒤쫓고 있는 것만 같다. 숨어 있어도 그는 악마들의 존재를 느낄 수 있다. 누나의 전화를 떠올리는 순간 그의 몸에 공포가 퍼진다. 왜 누나는 그가 폭발 사고가 일어난 지점을 지나지 않은 걸 알면서도 갑자기 전화로 안부를 물었을까. 누나의 안부 전화가 괜히 불길하게 느껴진다. 오늘 귀갓길에 그도 자살 폭탄 테러에 희생된다면. 누나가 그의 목소리를 마지막으로 들은 게 바로 그 통화였다면. 누나가 다가오는 그의 죽음을 예견한 건 아니었기를. 그는 극도의 절망에 빠진다. 자신의 존재가 매듭처럼 전부 엉켜 버린 것 같다. 그는 침을 삼키고 깊이 숨을 들이마신다. 흡연자였다면 분명히 담배도 한 대 피웠을 것이다.

자리에서 일어나 정원으로 걸으면서 그는 이 모든 것을 이겨낼 힘을 달라고 신에게 기도한다. 하늘 높이 뜬 해가 따스하고 부드럽다. 그는 벤치에 앉는다. 신선한 공기를 쐬길 잘했다. 그는 발로 돌멩이를 툭툭 차다가도 방금까지 하던 행동을 전혀 기억하지 못한다. 그의 머릿속은 오늘의 사망자들에 대한 생각만 가득하다. 도시 반대편에서 희생된 사망자들은 오늘 자신이 죽을 것을 알았을까. 누군가 그들에게 다가오는 죽음을 말해 줬을까.

안녕하십니까. 오늘 오전 8시 23분에 당신은 죽을 것입니다. 당신 옆에는 폭발물을 가득 실은 차량이 있습니다. 어떤 폭발물인지는 정확히 모르지만 폭발이 일어나리라는 것만은 확실합니다. 갑자기 치솟는 불길이 당신을 집어삼킬 것입니다.

만약 이런 말을 들었다면 사람들은 어떻게 답했을까.

그냥 집어삼키게 내버려두세요. 어차피 우리는 죽을 테니까. 당신의 정보는 별로 쓸모가 없군요. 오늘 날씨가 흐릴 예정이라든가, 오늘 아침 8시 23분에 비가 올 예정이라고 알려 주는 게 차라리 쓸모 있겠어요. 언젠가 죽음은 찾아올 테고, 우리는 죽음이 두렵지 않아요. 다만 아이들이 고아가 되는 게 두려울 뿐이죠.

하미드는 고개를 들어 앙상한 나무와 텅 빈 교정으로 눈길을 돌린다. 몇 년간 수없이 봤던 공간이지만 지금처럼 회한에 사로잡혀 바라본 적은 없다. 그가 일어나 시계를 본다. 오후 2시 10분이다. 매일 그는 2시 반에 학교를 나서는데 왜 오늘은 지금 퇴근하고 싶은지 모르겠다. 그는 혹시 자신이 어떤 함정에 빠진 게 아닌지 의심한다. 누가 그를 함정에 빠뜨리려 하지? 아니면, 어떤 신비로운 구원의 힘이 지금 떠나라고 그를 재촉하는 걸까. 가야 할까, 가지 말아야 할까. 어쩌면 나중에 그들은 이렇게 말할지 모른다.

"하미드는 매일 오후 2시 반에 학교를 떠났어. 하지만 그가 죽은 날에는 하필 2시 10분에 떠났지. 젠장."

맺음말

루시 해나 Lucy Hannah

언톨드 내러티브 Untold Narratives **창립자, 공동 대표이사**

밤낮으로 울리던 폭발음과 구급차의 사이렌 소리는 더이상 들리지 않아도 많은 문제가 여전히 남아 있다. “나는 어느 때보다 글을 쓰려고 단호하게 결심한 상태입니다.” 이 책의 저자 가운데 한 명인 샤리파 퍼순Sharifa Pasun이 최근에 한 말이다. 여전히 아프가니스탄 여성들과 소녀들의 상황은 불확실하고 공포스럽다. 다수가 학교와 직장에 다니지 못하게 되었고 인간 존엄의 위기도 악화하고 있지만, 전 세계 언론의 관심은 다른 곳으로 옮겨가고 있다.

아프가니스탄과 전 세계 언론은 작년 8월부터 탈레반이 얼마나 경악할 만큼 빠르게 아프가니스탄을 장악했는지를 보도했다. 분열과 불안에 휩싸인 아프가니스탄의 역사에 극적인 구두점이 찍히는 동안 『나의 펜은 새의 날개』의 작가들은 작품 집필에 몰두하려고 했다. 하지만 카불마저 함락되는 순간 그들의 생존

자체가 의문스러워졌다.

언톨드Untold는 전쟁과 지역 공동체로부터 소외된 작가들을 위한 프로그램을 기획하면서 이미 2년 전부터 아프가니스탄 전역에서 여성 작가들과 작업을 이어오고 있었다. 2021년 8월 아프가니스탄에서 벌어진 급작스러운 사건에도 불구하고 언톨드의 편집진은 꾸준함을 잃지 않았다.

카불 공항과 나라 곳곳에서 일어난 충격적인 장면을 전 세계가 지켜보는 가운데, 우리는 작품 창작보다 작가들의 안전을 우선시하기로 했다. 우리는 떠나고자 하는 작가들과 남고자 하는, 혹은 남아야만 하는 작가들을 지원하기 위해 노력했다. "이런 시기에도 왜 글을 계속 쓰려고 하죠?" 당시 누군가가 물었다. 답은 간단했다. 글을 쓰는 게 바로 작가의 일이다. 소설은 불안과 공포에 휩싸인 상태에서도 세상을 이해하는 데 도움을 준다. 한 작가가 말했다. "우리는 글을 공유하면서 서로에게 정신적인 지지를 보냅니다. 불안도 우리에게서 작가 정신을 앗아갈 수는 없어요."

여성 작가 열여덟 명은 서로를 그렇게 보살폈다. 그들은 온라인 일기를 공유하기 시작했다. 어떻게 잠들 수 없었는지, 어떻게 검은색으로 옷을 염색했는지, 이제는 소유하는 것조차 위험해진 종이 인쇄본에서 어떻게 잉크를 제거했는지에 대해 그녀들은 일기를 썼다. 거리로 나간 작가들이 있는가 하면 몸을 숨긴 작가들도 있었다. 열 명은 국경을 넘어 호주, 독일, 이란, 이탈리아, 스웨덴, 타지키스탄과 미국에 체류하고 있다. 카불이 함락된 지 아홉 달이 지난 지금도 그들은 여전히 온라인 일기를 쓴다. 다른 지역에 있는 작가들과 교류를 지속하고, 힘든 시기를 겪으며 떠오른 생각과 경험을 기록하기 위해서.

작가들은 '아프가니스탄을 쓰다'라는 언톨드의 프로젝트를 통해서 모였다. 프로젝트는 2018년 카불에 있는 여성 작가들과 나눴던 대화를 계기로 싹이 텄다. 작가들은 소설을 출간할 기회가 없어서 낙담한 상태였다. 어떤 작가는 온라인에서 단편 소설들을 파슈토어Pashto와 다리어Dari로 발표한 적이 있었는데, 작가에게 돈을 요구하지 않고 출간을 제안하는 아프가니스탄 출판사를 한 번도 보지 못했다고 했다. 그리고 전쟁이 아닌 다른 이야기가 담긴 책을 읽고 싶어 하는 해외 출판사를 찾기도 거의 불가능하다고 덧붙였다. 언톨드의 작업은 아프가니스탄 작가들의 바람과 필요, 요구를 의논하는 과정에서 그렇게 시작되었다.

단편 소설은 억압적이고 분열적인 상황을 이야기할 때 특히 빛을 발한다. 세상의 진실과 아름다움, 복잡함을 한정된 단어로 작은 캔버스에 그리는 작업은 긴 글보다 구현하기 쉽다. 장편을 창작하려면 평온한 마음과 집중을 위한 공간이 필요할뿐더러, 작품의 독자를 찾기 위해 자원을 아끼지 않는 현지의 출판 산업이 뒷받침되어야 한다.

2019년 언톨드는 아프가니스탄 전역에 있는 여성 작가들을 대상으로 다리어와 파슈토어로 쓴 단편 소설을 공모했다. 주요 도시와 지방에서 백여 편에 이르는 작품들이 도착했다. 이 책에 두

편의 이야기를 수록한 작가는 공모에서 영감을 얻어 작품 몇 편을 추가로 창작할 정도로 왕성한 창작력을 가진 여성이었는데, 그녀의 소설을 보낸 사람은 다름 아닌 그녀의 언니였다. 경험이 부족했던 그녀는 자신의 글이 진지한 평가를 받을 만하다고 생각하지 않았고, 작품을 내보이기는커녕 편집과 퇴고를 거친 적도 없다고 했다. 물론 카불에서 드물게 열리는 작가들의 모임에도 그녀는 참석한 적이 없었다.

2021년 초에 개최한 두 번째 공모는 좀 더 고립된 지역에 초점을 맞췄다. 소셜 미디어, 라디오 방송, 그리고 마을 단위로 배포한 포스터를 통해 소식은 퍼져 나갔다. 이번에는 스무 곳에서 이백 명이 넘는 작가들이 인터넷 카페와 가정용 컴퓨터, 휴대폰을 이용해 작품을 보내왔다. 이 모음집에 실린 어떤 이야기는 손으로 쓴 글을 사진으로 찍고 왓츠앱WhatsApp 메신저로 여러 사람을 거친 끝에 언톨드에 간신히 도착했다.

이 이야기들은 작년 8월 탈레반이 장악하기 이전의 아프가니스탄을 찍은 스냅 사진과 같다. 가정과 일터, 그리고 오래전의 과거와 미래를 배경으로 펼쳐지는 이야기들은 우정, 사랑, 배신 같은 보편적인 주제를 포괄한다. 허구이긴 해도 현실의 사건에서 영감을 받은 소설들은 탈레반이 마지막으로 집권할 당시를 언급하기도 한다. 이 책의 첫 번째 단편 「동반자」의 작가 마리얌 마호주바Mariam Majoba는 탈레반이 재집권하기 한참 전에 소설을 썼다. 주인공 누리아Nooria는 자녀들이 이민을 떠난 후 지독한 외로움을 경험하는 인물이다. 아프가니스탄에 남은 작가는 많은 가족이 공유하는 이민과 이별의 경험을 통해 개인이 그런 사건을 겪는 방식을 이야기하려고 했다. 작년 8월 이전에 창작되긴 했지만, 이 단편은 이 책에 실린 다른 이야기들처럼 오늘날 새로운 의미를 지닌다.

아프가니스탄의 독자들이 직접 해외 편집자 및 번역가들과 작업할 여성 작가들을 선정했다. 이런 협업 관계는 왓츠앱, 화상회의, 문자 메시지, 이메일 등 안전과 접근성을 담보할 수 있는 모든 방식을 통해 구축되었다. 신종 코로나바이러스가 유행하는 동안에도 작업은 이어졌다. 사실 코로나19 팬데믹이 휩쓸기 훨씬 이전부터 아프가니스탄은 '봉쇄'라는 단어에 익숙했다. 편집자와 번역가, 그리고 작가들은 또 다른 언어로 이야기를 접할 독자들을 위해 영어로 번역될 이야기의 초안을 놓고 토론했다. 세 가지 언어와 서너 개의 국가, 그리고 서로 다른 시간대를 오가는 강도 높은 편집 과정이 지속되었다. 이 과정은 고된 노동과 창의적인 관계, 최상과 최악의 상태를 오가는 기술을 모두 포함했다. 단어들이 사라졌다가 다시 나타나고, 인터넷이 끊기고, 전기가 나가고 불빛도 꺼졌지만, 글을 쓰고자 하는 열망만은 사그라들지 않았다.

우리는 스스로를 바라보는 관점을 바꿀 잠재력을 가진 세계문학 작품을 발견할 때 기쁨을 느낀다. 건강한 출판 인프라와 문학 전문 번역가가 있는 곳에 사는 운 좋은 작가들은 국경을 넘어 해외 독자들과 교류할 기회를 얻지만 이 책을 쓴 작가들의 사정은 다르다. 『나의 펜은 새의 날개』는 열악한 상황에서 집필된 작품의 극히 일부만 수록하고 있다. 아프가니스탄의 작가들은 여전히 모국어로 소설을 쓰며 자국 안팎의 독자들과 교류하기 위해 준비하고 있다.

상세한 작가 소개는 책 안에 포함하지 않기로 작가들과 합의했다. 물론 나는 작가들을 제대로 독자들에게 소개하고 싶었다. 하지만 집필 당시 아프가니스탄의 상황을 감안할 때 여성 작가 열여덟 명의 프로필을 책에 실을 수 없었다. 이다음에 출간할 책에는 더 많은 정보를 실을 수 있기를, 그리고 그녀들의 이야기를 파슈토어와 다리어로 아프가니스탄에서도 출간할 수 있기를 희망한다. 필명으로 발표하기를 희망한 작가도 있었지만, 많은 작가들은 실명으로 글을 내고 인정받기를 원했다.

카불이 함락되고 9개월 동안 많은 것이 변했다. 어쩌면 며칠 혹은 몇 주 안에 이 작품들은 시대에 뒤떨어진 과거의 유물이 되어 버릴지도 모른다. 아프가니스탄에 남은 작가들과 다른 곳에서 새 삶을 시작하는 작가들의 상황도 언제든 다시 바뀔 수 있다. '맺음말' 역시 다시 써야 할지 모른다. 하지만 이 책에 실린 이야기들은 세월의 흐름에도 퇴색되지 않는 보편성을 가진다. 「겨울 까마귀」를 쓴 마리에 버미여니Marie Bamyani의 말처럼 『나의 펜은 새의 날개』는 아프가니스탄 작가들을 한데 모으고 그녀들의 이야기와 목소리를 전 세계와 나누는 시작점이다. 이 빛이 꺼지도록 내버려두면 안 된다.

감사의 글

이 프로젝트는 언톨드Untold의 '아프가니스탄을 쓰다Write Afghanistan' 팀의 노력이 있었기에 가능했다. 프로젝트의 매니저 윌 포레스터Will Forrester의 변함없는 헌신과 편집자 수닐라 갈라파티Sunila Galappatti, 그리고 제이콥 로스Jacob Ross의 통찰과 지지에 감사드린다. 아프가니스탄 여성들의 이야기가 가진 중요성을 믿어 준 프로젝트의 문화 자문이자 작가, 편집자인 자르고나 커르갸르Zarghuna Kargar에게도 특별히 감사를 표한다.

번역가 알리레자 아비즈Alireza Abiz, 파르와나 파여즈Parwana Fayyaz, 셰키버 하빕Shekiba Habib, 마르고 먼로 커Margo Munro Kerr, 그리고 주바이르 포팔자이Zubair Popalzai 박사의 전문성과 인내심에도 감사함을 느낀다. 열정이 사그라들 줄 모르던 통역가이자 번역가 네긴 커르갸르Negeen Kargar 박사에게도 감사드리며, 통역가 파슈타나 두라니

Pashtana Durrani의 앞날에 좋은 일만 가득하길 기원한다. 글을 읽어 준 카운 카무쉬Kawoon Khamoosh에게도 깊이 신세 졌으며, 패트릭 스페이븐Patrick Spaven의 뛰어난 심사에도 감사의 뜻을 표하고 싶다.

언톨드의 파트너들이 준 도움도 컸다. 영국 문화원The British Council의 데이나 맥클라우드Dana MacLeod와 타만나 파키르자다Tamanna Faqirzada, 그리고 바그리 재단Bagri Foundation에 감사드린다. 중요한 순간에 프로젝트를 지원해 준 룬드 신탁Lund Trust과 리즈벳 라우징Lisbet Rausing, 피터 볼드윈Peter Baldwin 자선기금, 오크 재단Oak Foundation과 로스차일드 재단Rothschild Foundation에게도 깊은 감사를 표한다. 더불어, 잰 미할스키 재단Fondation Jan Michalski, PF 공익신탁PF Charitable Trust, 그리고 로버트 가브론 공익신탁Robert Gavron Charitable Trust의 관대한 후원에도 감사드리고 싶다.

계속해서 우리의 작업을 지지하는 런던 킹스칼리지King's College London와 클레어 브란트Clare Brant, 그리고 인생 글쓰기 연구소the Centre for Life Writing Research에도 감사한다. 전 주 카불 영국 대사 알리슨 블레이크Alison Blake와 야마 야리Yama Yari 대사의 '아프가니스탄을 쓰다' 프로젝트에 대한 관심에 특별한 감사를 표한다.

언톨드를 중요한 사업으로 선정해 준 프로스페로 월드Prospero World의 안나 루이자 사라스Anna Loisa Psarras에게 감사드리며, 2021년 8월 긴급 기금에 기부한 모든 분에게도 깊은 감사의 인사를 드린다. 작가들이 중요한 시기에 연락을 유지하는 데 여러분의 관심과 지원이 큰 도움이 되었다는 사실을 전하고 싶다.

아래의 자원봉사자들에게도 감사를 표한다. 꼼꼼하게 숫자를 확인해 준 주디스 위팅Judith Witting, 캐롤라인 배너지Caroline Banerjee, 리나 디아스 마틴스Lena Dias Martins, 피비 해밀턴-존스Phoebe Hamilton-Jones, 그리고 트라 미 히킨Trà My Hickin.

언톨드는 다양한 방식으로 도움의 손길을 내민 모든 분에게 감사의 뜻을 표한다. 클레어 알렉산더Clare Alexander, 안토니아 바야트Antonia Byatt, 니콜라 다렌도르프Nicola Dahrendorf, 아멜리아 핏잘란 하워드Amelia Fitzalan-Howard, 제임스 그린쉴즈James Greenshields, 대니엘 한Daniel Hahn, 사마이 하메드Samay Hamed 박사, 매리 호카데이Mary Hockaday, 롭 야고Rob Jago, 라비아 라티프 칸Rabia Latif Khan, 페니 로렌스Penny Lawrence, 다니엘라 리캄Daniela Leykam, 네리사 마틴Nerissa Martin, 첼시 페팃Chelsea Pettit, 앤 필립슨Anne Phillipson, 호메이러 거데리Homeira Qaderi, 사나 사피Sana Safi, 쉬러즈웃딘 시디기Shirazuddin Siddiqi, 머레이 쉥크스Murray Shanks, 그리고 제이니 윌슨Janie Wilson의 현명한 조언과 자문에 감사드린다. 또한 '아프가니스탄을 쓰다' 프로젝트를 홍보해 준 엠마 던컨Emma Duncan, 매튜 포트Matthew Fort, 마리온 흄Marion Hume, 그리고 루 스토파드Lou Stoppard에게 큰 감사를 전한다.

이 단편 모음집에서 이야기 네 편을 처음으로 출간한 국경 없는 문학Words Without Borders의 수잔 해리스Susan Harris와 사만다 슈니Samantha Schnee에게 감사한다. 또한 우리의 프로젝트에서 서너 작가의 작품을 독일에서 출간해 준 프로젝트의 파트너 바이더 슈라이븐Weiter Schreiben의 아니카 라이히Annika Reich에게도 감사를 표한다.

우리의 의장이자 공동이사인 사라 가드너Sarah Gardner가 할애해 준 시간과 전략적 사고에 감사한다. 언톨드 내러티브Untold Narratives의 창립을 도와준 공동이사 빌 힉스Bill Hicks에게도 감사를 표한다.

맥리호스 프레스Maclehose Press의 카타리나 빌렌버그Katharina Bielenberg, 로비나 펠름 번Robina Pelham Burn, 로즈 그린Rose Green, 밀리 리드Milly Reid, 그리고 립폰 탕Lipfon Tang에게 깊은 감사를 표한다. 그들은 작가 열여덟 명의 이야기를 다른 세계의 독자들에게 소개하기 위해 도전을 감행했다.

마지막으로, '아프가니스탄을 쓰다' 프로젝트에 열정적으로 참여해 준 모든 작가들에게 감사드린다. 앞으로도 우리의 작업을 함께 이어가기를 기대한다.

역자의 말

아프가니스탄 여성을 생각하면 우리는 보통 어떤 이미지를 떠올리는가. 머리부터 발끝까지 가린 부르카 차림의 여성들? 탈레반에게 교육 받을 권리를 박탈당한 불운한 여성들? 이슬람 전통과 폐습 때문에 억압받는 여성들? 전쟁과 폭력으로 얼룩진 어둠의 땅에 사는 비탄에 젖은 여성들?

물론 현재 아프가니스탄 상황에서 위의 이미지들이 전부 틀렸다고 쉽게 부정할 수는 없을 것이다. 하지만 우리가 흔히 떠올리는 이런 이미지들 때문에 우리는 아프가니스탄 여성의 이야기를 인권의 문제와 동일시하는 경우가 많다. 분명 아프가니스탄 여성의 이야기는 인권을 빼고 말하기 힘들지만, 그들이 처한 특수한 상황을 우리의 현실과는 본질적으로 다른 '제3 세계'의 상황, 그리고 그에 따른 인권 문제라는 도식으로 보면 이야기는 왜곡되기 시작한다. 그들을 철저히 '타자화othering'하는 과정 속에서 그들에 대한 깊은 이해와 다층적인 접근은 불가능해진다. 우리는 그들의 다양한 이야기들을, 그들의 고통과 희망, 저항을 '인권'이라는 하나의 단어로 환원시키지 않으면서 제대로 이해하려고 한 적이 있는가.

이런 측면에서 보면 이 소설 모음집은 역자인 나와 독자들에게 가장 반가운 문학서이자 문화 안내서가 아닌가 싶다. 실제 열여덟 명의 아프가니스탄 여성 작가들이 자신의 관점과 욕망, 좌절, 희망을 다양한 방식으로 담아내고 있기에 그동안 미디어가 만들고 우리 스스로가 재생산했던 잿빛 이미지 안에 갇혀 있던 아프가니스탄 여성들의 목소리가 조금이나마 자유로워졌다.

작품 속 인물들은 순수하게 욕망한다. 「꿈의 절정에서 추락하다」의 자흐라Zahra처럼 루비 반지로 상징되는 안정된 가정 안에서의 지위를 꿈꾸기도 하고, 「나에게는 날개가 없다」의 주인공처럼 그저 온전한 자신이 될 수 있기를 꿈꾸기도 한다. 설사 그 욕망이 좌절로 끝나더라도 그들의 꿈은 계속해서 남을 것이다.

좌절 속에서 능동적으로 불의에 맞서려는 도전도 보인다. 「공통의 언어」의 주인공들처럼 작은 힘이나마 연대하며 함께 저항하기도 하고, 「꽃송이」의 인물들처럼 교육 받을 권리를 외치며 시위를 조직하기도 한다. 「은반지」의 어머니나 「하스커의 결심」의 하스커처럼 어머니로, 또 가족의 일원으로 고군분투하는 인물들을 보면 과연 우리가 이들을 단순히 수동적인 '희생양'으로만 표현하는 것이 옳은지 의문을 품게 된다. 이들은 좌절 속에서도 여전히 도전하고 자신들의 방식으로 삶을 개척하려고 애쓰는 인물들이다. 「어자」의 주인공은 자기 자신을 믿고 또 함께하는 힘을 믿으면 마을 전체를 지켜내는 일도 가능하다는 것을 증명한다.

단편들의 팔 할은 폭발이나 미사일 공격, 혹은 폭력이 난무하는 상황이다. 하지만 폭발이 끊이지 않는 상황에서도 인물들이 일상을 지속해 나가고 변함없이 꿈꾸는 모습을 보면 죽음의 그림자가 드리우기보다 역설적으로 삶의 힘이 느껴진다. 「내 베개의 여정 11,876km」에서 보듯이 아프가니스탄은 단순히 전쟁과 위험이 난무한 곳이 아니라 일상의 공간, 나아가 여전히 누군가의 삶의 터전이고 뿌리이며, 또 사랑하는 이들이 살고 있는 영원한 조국이다. 이 때문에 더욱 아프가니스탄은 전쟁과 폭력만으로는 설명할 수 없는 다층적인 키워드로 읽혀야 한다는 생각이 짙어진다.

이런 복합적이고 다층적인 키워드는 열여덟 명의 작가들뿐 아니라 독자들이 이야기를 읽으며 함께 떠올려 나가야 하는 열린 키워드일 것이다. 『나의 펜은 새의 날개』는 아프가니스탄 작가들의 '날개'가 되어 많은 이야기들이 독자에게 날아오게 해 주었고, 이제는 자유로운 이야기들이 독자에게 또 다른 이해의 '날개'가 되어 주기를 희망한다.

끝으로 이 소설집을 내게 처음 소개해 준 오랜 벗 싼나Sanna, 작업 과정 동안 내 일상을 채워 준 가족들, 졸고에도 불구하고 기획에서 편집 전반에 이르기까지 헌신적으로 도우며 이 소설집이

한국어로 세상에 나오도록 애써 준 파초 출판 편집부, 그리고 무엇보다 자신들의 목소리를 용감하고 자유롭게 들려준 아프가니스탄 작가들에게 감사를 표한다.

2023년의 끝자락
캘리포니아에서
인류학자 이정은

작가 15인

자이납 아클러기Zainab Akhlaqi, 마리에 버미여니Marie Bamyani, 퍼랑기스 엘리어시Farangis Elyassi, 프리쉬타 가니Freshta Ghani, 니머 가니Naeema Ghani, 바톨 하이다리Batool Haidari, 퍼테마 허와리Fatema Khavari, 마리얌 마흐주바Maryam Mahjoba, 어티파 모자파리Atifa Mozaffari, 말리하 너지Maliha Naji, 아너히터 가립 나워즈Anahita Gharib Nawaz, 파란드Parand, 샤리파 퍼순Sharifa Pasun, 파티마 사어다트Fatima Sadaat, 라너 주르마티Rana Zurmaty.

번역가

파르와나 파여즈Parwana Fayyaz, 셰키버 하빕Shekiba Habib, 자르고나 커르갸르Zarghuna Kargar, 네긴 커르갸르Negeen Kargar 박사, 주바이르 포팔자이Zubair Popalzai 박사.

역자 | 이정은

서울대학교를 졸업하고 미국 아이오와대학교에서 인류학 박사학위를 받았다. 현재 캘리포니아의 한 대학에서 인류학을 가르치고 있으며, 초국가적 이주, 난민, 가족, 모성 경험 및 여성 관련 이슈들을 연구하고 있다.

언어 감수 | 이세은

한국외국어대학교에서 페르시아어·이란어학과를 졸업하고 동 대학원에서 중동 언어와 이란문학을 전공했다. 현재 이란어 전문 통·번역가로 활동하고 있다.

나의 펜은 새의 날개

발행일 2024년 6월 10일 초판 1쇄

지은이 아프가니스탄 여성 작가 15인
옮긴이 이정은
디자인 김형균

펴낸이 이정민
펴낸곳 파초
출판등록 2022년 9월 22일 제 2023-000247호
주소 경기도 고양시 일산동구 중앙로 1261번길 77, 704호 A112
전자우편 pachopublishing@gmail.com
ISBN 979-11-985248-1-2 (03890)